T0270150

Los favores

Los favores

Los favores

Los favores

Lillian Fishman

Traducción de
Montse Meneses Vilar

R

**RESERVOIR
BOOKS**

Papel certificado por el Forest Stewardship Council®

Penguin
Random House
Grupo Editorial

Título original: *Acts of service*

Primera edición: septiembre de 2022

© 2022, Lillian Fishman
© 2022, Penguin Random House Grupo Editorial, S. A. U.
Travessera de Gràcia, 47-49. 08021 Barcelona
© 2022, Montse Meneses Vilar, por la traducción

Printed in Spain – Impreso en España

ISBN: 978-84-18052-96-5
Depósito legal: B-11.813-2022

Compuesto en La Nueva Edimac, S. L.

Impreso en Liberdúplex
Sant Llorenç d'Hortons (Barcelona)

RK52965

Él me había dicho: «No escribas un libro sobre mí». Pero no he escrito un libro sobre él, ni siquiera sobre mí. Me he limitado a expresar con palabras —que sin duda él no leerá, ni le están dirigidas— lo que su existencia, por sí sola, me ha dado. Una especie de don devuelto.

ANNIE ERNAUX,
Pura pasión

PRIMERA PARTE

ATENCIÓN

1

Tenía cientos de desnudos guardados en mi móvil, pero nunca se los había enviado a nadie. Las fotos en sí eran bastante corrientes: mi cuerpo sin rostro flotando en dormitorios y baños, en espejos. Cada vez que me hacía una, me enamoraba de ella por un instante. Allí de pie, desnuda y encorvada sobre la pequeña pantalla, me sentía abrumada por la necesidad de mostrarle a alguien esa nueva versión de mi cuerpo. Pero cada foto parecía más privada y absurda.

En ellas traslucía algo que iba más allá del deseo, algo más duro y humillante. Mientras me lavaba los dientes o salía de la ducha, veía mi cuerpo y me invadía una sensación de urgencia y desuso. Mi cuerpo gritaba a los cuatro vientos que yo no cumplía con mi propósito. Se suponía que debía tener sexo, probablemente con un número desmesurado de personas. Quizá fuese algo más despiadado, que yo no estaba destinada a follar, sino a ser follada. El propósito de mi vida en general seguía siendo un misterio, pero estaba convencida de que el propósito de mi cuerpo era muy simple.

Me daba demasiado miedo salir al mundo a que me follasen, estaba repleto de complicaciones, recuerdos de novias de mierda y el temor a la violencia. Por eso me hacía fotos. En ellas mi cuerpo parecía despampanante, sin tacha, a menudo se arqueaba como si quisiera escapar por la parte superior del encuadre. Yo era como una solterona cargada de ansiedades y represiones que tenía la responsabilidad de custodiar a una joven que no podía comprender la injusticia de ese acuerdo.

Una noche en que me sentía especialmente bella y aislada, decidí empezar a compartir los desnudos en internet. Me registré en una página web que hacía que los nombres de usuario fueran anónimos y ocultaba las direcciones IP y subí tres fotos sin texto.

A la mañana siguiente, estaba en el baño de mi novia cuando Olivia me envió un mensaje. Mi publicación había acumulado más respuestas de las que era capaz de leer. Quizá no debería haberme sorprendido que no me satisficieran la lascivia, el reconocimiento, ni siquiera la brutalidad de algunos comentarios. El anonimato de las fotos se me antojaba cobarde, la distancia respecto de los espectadores era tan grande que volvía sus sentimientos insignificantes. Lo único que me emocionaba era actualizar la página repetidamente para ver cómo se recomponían las imágenes una y otra vez, no en una carpeta privada de mi teléfono, sino en una habitación blanca, compartida y accesible desde todos los rincones del mundo.

Me sentía un poco culpable de aprovecharme así de mi novia, Romi; al fin y al cabo era en su cuarto de baño donde me había escondido para actualizar la página. Su desmaquillador de marca blanca estaba sobre el lavabo. Su uniforme limpio del hospital colgaba detrás de la puerta como si fuera un dibujo mal hecho de una persona. Sin embargo —me justifiqué mirando la pantalla—, esas fotos no tenían nada que ver con ella. Solo era mi cuerpo el que aparecía en ellas, y mi cuerpo no le pertenecía.

¿Qué haría Romi si le enseñara las fotos? Se pondría un poco triste, se sentiría desconcertada. ¿Qué puedo hacer?, diría, convencida de que solo un defecto suyo podría hacerme desear la validación de desconocidos.

Di por hecho que la gran mayoría de las respuestas eran de hombres. Sus comentarios estaban plagados de faltas de ortografía y había referencias a sus erecciones. Sonreí, continué desplazando hacia abajo la pantalla. Cuando volví a actualizar, el mensaje que aparecía en primer lugar era el de una usuaria llamada *pintora1992*. Leí las palabras de la previsualización (*Disculpa*) y ahogué una carcajada.

Disculpa, decía el mensaje, *perdona que te moleste. Tus fotos son muy bonitas. Gracias por compartirlas. Me encantaría invitarte a una copa. ¿Estás en Nueva York? Perdona que sea tan directa. Espero que tengas un día genial, Olivia.*

olivia, contesté, *¿en qué parte de nueva york vives?*

¿Amor, te encuentras bien?, gritó Romi desde el pasillo.

Sí, tranquila, dije.

Olivia estaba respondiendo en tiempo real.

En Clinton Hill, Brooklyn. ¿Tú también vives en Nueva York?

sí

¿Quieres quedar?

quién eres

Olivia me mandó un enlace a un perfil de una red social.

¿Quieres café?, preguntó Romi desde el otro lado de la puerta.

Abrí el perfil de Olivia. No sabía qué pensar. Dejé el móvil, tiré de la cadena y grité que sí.

Ya veis por qué no podía fiarme de mí misma. Para empezar, no había ninguna razón para que me sintiera tan bella y aislada. Tenía una novia encantadora: altruista, cariñosa, genial en la cama, con unos brazos y una espalda fuertes tras años de rugby. Y sin embargo, por motivos que seguían sin estar claros para mí, había subido las fotos la noche anterior, después de cenar, mientras Romi respondía unos correos y yo estaba sentada a dos palmos de ella.

Lo único que tenía claro era por qué nunca le había enseñado las fotos. Ella era la persona más noble que conocía. Me gustaba la gente extrema, gente que parecía encarnar una idea inequívoca de la vida. ¿Qué se sentiría al ser incondicionalmente buena? Los pilares de la nobleza de Romi eran su naturaleza abnegada y su absoluta indiferencia por lo superficial. Desde muy joven, valoraba las capacidades de cada uno y tenía la creencia de que podía contribuir a la sociedad de manera significativa. Después de tantear la posibilidad de hacer carrera política, había decidido dedicarse a la pediatría. Cuando no trabajaba, hacía de voluntaria como auxiliar de ambulancia.

Estaba tan absorta en su vocación que era inmune a la belleza. Ese concepto no se le habría pasado por la cabeza fuera del contexto de un curso de introducción a la historia del arte. Se regía por cuestiones funcionales. Vivía en un edificio caro y aburrido, lleno de instalaciones de color beis. Aparte de la indumentaria especial que necesitaba para su trabajo o para ir a entrevistas de trabajo, toda la ropa que tenía la había conseguido gratis en algún torneo deportivo o en la reunión anual para la que su alegre y atlética familia encargaba polos a juego. Comía bocadillos y ensaladas, y lo hacía siempre en cadenas de restaurantes.

Su coherencia era perfecta. Decidió que yo le atraía antes incluso de poder hacerse una idea de mi aspecto, cuando lo único que sabía de mí —como solía decirle yo en broma— era que tengo una memoria excelente para recordar nombres de novelistas cuyas obras no he leído. Nos habíamos conocido dos años antes en una aplicación de crucigramas que emparejaba a usuarios con habilidades similares. A Romi se le daba mucho mejor que a mí, pero tenía poco tiempo libre y una aversión al odio competitivo. A lo largo de unos cuantos meses, mientras chateábamos, descubrí que me gustaba la generosidad de sus mensajes —incluso cuando fallaba estrepitosamente, nunca se metía conmigo—, y se ganó mi simpatía con el sesgo general de sus conocimientos, que siempre eran bochornosos en los campos del arte o la cultura popular pero sagaces en lo referente a la política, la historia y el crucial talento para los sinónimos. Me pareció una suerte que fuera una mujer joven y lesbiana, solo cinco años mayor que yo, y que estuviera a pocos kilómetros de distancia.

No me quería por mi cuerpo, aunque cuando nos conocimos en la intimidad reconoció que tenía una belleza especial. Yo no la creí. Ella no era una entendida. La relación que habíamos entablado en internet era la base decisiva del afecto de Romi. Como sin duda yo era superficial, y siempre lo había sido —nada me interesaba más que una chica guapa por la calle—, una parte pequeña pero incesante de mi vida implicaba predecir las múltiples maneras con las que podía cargarme nuestro amor. Si pretendía merecérmela, tendría que ser igual de atenta que ella, igual de generosa en el sexo, e igual de leal. Ni que decir tiene que tendría que evitar publicar mis desnudos en internet.

Pero más allá de Romi mi deseo era impetuoso y caprichoso. Yo no era ni leal ni anárquica, sino que, incapaz de decidirme entre ambas cosas, me sentía culpable y taimada. La fantasía principal que me seguía a todas partes era una imagen en la que yo estaba desnuda en medio de una hilera de veinte, cien o tantas chicas desnudas como cupieran en el espacio en que me encontraba, ya fuera un café, el vestíbulo del edificio de Romi o un vagón de metro. Frente a nosotras había un hombre que nos escudriñaba. No puedo describir su aspecto físico. Era indistinto, simbólico. No llegaba a follármelo nunca. Después de unos treinta segundos, de manera inequívoca, me señalaba a mí.

Era domingo. Mi turno en la cafetería empezaba a las siete y media. A pesar de la hora, Romi siempre me acompañaba los fines de semana en ese paseo de quince minutos. Enjuagó las tazas en las que habíamos tomado el café, metió una manzana y una barrita de chocolate en mi bolso y recogió del suelo los paraguas que había junto a la puerta. No había ganchos ni percheros donde colgar los abrigos o dejar los paraguas; tras dos años en ese apartamento, Romi no había comprado gran cosa aparte de las lámparas de pie y algunos utensilios de cocina. En el salón había una única mesa auxiliar y una pequeña pila de biografías políticas debajo de la ventana.

¿Quieres un paraguas para ti o compartimos uno?, me preguntó.

Caminaba a mi lado en la penumbra matutina, sujetando por encima de las dos un solo paraguas grande. De noche había empezado a caer una ligera nevada. Cuando Romi me acompañaba al trabajo, cocinaba para mí o me llevaba el bolso, tenía siempre la misma sensación: la certeza de que mi vida tendría un testigo, sería segura, cálida. No sufriría pequeñas frustraciones; el amor me protegería de las desgracias de la vida, del mismo modo que protege a un niño. Como los grandes héroes y los amantes más honorables, Romi realizaría, además de esos gestos, cualquier hazaña o sacrificio descomunal por mí. En cambio yo, ¿qué iba a sacrificar? Mientras mi brazo rozaba el suyo, sentí físicamente mi engaño, como una marca, y me asombró el hecho de que Romi no lo viera.

Íbamos hablando, como a veces hacíamos, de cómo eran nuestras vidas diez o doce años atrás, mucho antes de conocernos. Compartíamos un sentimiento especial que las personas *queer* creen que les pertenece, la idea de que nuestras primeras experiencias con otras chicas nos habían llevado la una a la otra: que de jóvenes habíamos conseguido atravesar una trampilla hasta llegar a un lugar pequeño y luminoso en el que, entre las otras pocas almas que tam-

16

bién habían logrado descubrirlo, nos habíamos encontrado la una a la otra.

Siempre había tensión en aquella época, dijo Romi. Era difícil. Mi novia no quería que nos acostáramos, así que nunca teníamos intención de hacerlo, simplemente pasábamos el rato, nos besábamos, y entonces, ya sabes, pasaba algo. Nunca lo planeé. Ni siquiera pensaba en ello cuando no estábamos juntas, no era así. Pero era tan intenso estar con ella que terminaba tocándola y preguntándole si le parecía bien. Pues claro, decía, sí, genial, vale.

¿Y luego se enfadaba?

No, dijo Romi riendo. Después decía: Bueno, esto no es sexo. Así que cada vez llegábamos más lejos y hacíamos algo que ella había dicho que no podíamos hacer. Y luego decía que no pasaba nada, que de todos modos no era sexo. Y claro, al final acabábamos haciéndolo. O sea ¡que me la follaba de verdad! Con la mano, con la lengua. La mitad de las veces yo le seguía la corriente, aceptaba la idea de que había una especie de frontera. Y luego, el resto del tiempo, me preguntaba qué me estaba perdiendo, qué era eso que no hacíamos, porque a mí me parecía que estaba muy bien.

Romi me cogió el bolso y se lo colgó del hombro. Pasó por nuestro lado un hombre solitario con un chaquetón que iba seguido de dos perros con el pelo luminiscente y de punta bajo la nieve. Me maravillaba Romi con sus zapatillas de atletismo y su anorak. Sin guantes ni bufanda. No mostraba el menor interés en adaptarse al clima, o puede que tuviera una fe absoluta en su extraordinario aguante.

Supongo que lo que me preocupaba, empezó a decir despacio, era que había algo que no estaba bien en mi manera de mirarla. No el sexo en sí, sino… no sé… el hecho de desearlo, de pensar en ello cuando la miraba de cierta forma. No es que me molestara ser lesbiana, tenía miedo de llegar a dar grima, ya sabes, como los hombres.

Pero tú no eres así para nada. Ni siquiera cuando la ocasión lo requiere, le dije en broma.

Romi sonrió. La chica de la que hablaba había sido su primera novia, una relación de ocho años. Esa ex era la única mujer con la que había estado aparte de mí, así que había algo inocente y provinciano en ella. La única experiencia real que había tenido de su sexualidad, de cualquier tipo de relación, había sido esa aterradora primera vez, en la que cualquier deseo y cualquier acto parece que vayan a determinar quién vas a ser para el resto de tu vida. Pero era justo esa inocencia lo que me atraía de ella, incluso en ese momento, mientras hablaba. Noté la solemnidad de esa relación en su recuerdo.

En mi caso, le dije, fue más bien todo lo contrario. En cuanto me enrollé con la chica con la que estuve en el instituto… aunque en realidad no nos acostamos, ya sabes, solo estábamos tonteando, ella se corrió antes de darse cuenta de lo que iba a pasar, porque todavía seguíamos vestidas. A lo mejor nunca se había corrido. Y entonces fue como si hubiera visto algo que no estaba dispuesta a ver. Pero ya no podía mirar para otro lado. Ambas comprendimos de qué se trataba, por mucho que no hubiéramos sido conscientes de ello. Ese momento nos chocó a las dos. Y ahí terminó todo.

Recordé entonces, mirando nuestras botas en la nieve medio derretida, que había pensado que el sexo era un oráculo, un revelador de verdades que estaba esperando para descubrirme.

En el trabajo iba cada hora al lavabo a mirar el móvil. Deslizaba el dedo por la pantalla, saltándome los comentarios nuevos y solicitudes de mensajes, y bajaba hasta llegar al de Olivia. El perfil que me había enviado parecía real. Hacía cinco años que tenía la página, lo que daba a entender que no era obra de alguien que creara perfiles sospechosos con regularidad y los eliminara. Aunque también había algo natural, una falta de vanidad, incluso una especie de timidez visible. Olivia era bajita y delgada, una gran nube de pelo rizado le daba un aire delicado a su rostro de empollona. En las fotos vestía de negro o azul marino, con recatados vestidos de cuello alto y jerséis caros de lana de tres cabos. Documentaba con entusiasmo animales, proyectos de repostería casera y conciertos de cantantes pop intimistas, algunos de los cuales me gustaban, aunque me habría abstenido de mencionarlo en internet. Me costaba imaginar a alguien creando un perfil falso con fotos de una persona tan poco sexualizada, tan sincera, y también imaginarme a esa chica en la vida real, ya no solo mirando el tablero de desnudos, sino reuniendo el valor para enviarme un mensaje. Y aun así, ¿no había sido la formalidad con que pedía disculpas en su comentario lo que había despertado mi interés?

A las dos del mediodía ya había aceptado quedar conmigo para tomar algo la noche siguiente en Bed-Stuy.

Esa noche me moví con rigidez por los espacios habituales de mi vida, como alguien que no sabe que participa en un concurso de la tele hasta que se da cuenta de que lo están grabando. Cuando salí de trabajar, Romi llegó con un paraguas grande y una galleta. Aunque no era tarde, el viento arreciaba. Mientras caminábamos hacia su casa yo iba callada y sentía un nudo en el estómago. Subimos en el ascensor en silencio. Al llegar a la duodécima planta el sonido me sobresaltó. Miré el móvil, pero no había nada.

Vamos a liarnos, dije cuando Romi abrió la puerta del apartamento. Empecé a quitarme las botas y la ropa y lo dejé todo en el suelo. Me escondía tras un disfraz y sentía la necesidad irrefrenable de mudar esa piel. Ella sonrió y desapareció en el cuarto de baño para ponerse el arnés. Le gustaba cambiarse en privado; había una quietud en nuestra relación, la idea de que hablar de sexo podía contaminar su pureza.

En la habitación de Romi el colchón estaba directamente sobre la alfombra, acompañado tan solo de una botella de agua de acero inoxidable. Me tumbé, mirándome el cuerpo. Había intentado imaginarme el de Olivia por debajo de esos jerséis de cuello alto. Un cuerpo de chico, incluso infantil. Me preguntaba si el mío le parecería perfecto. ¿No se lo había parecido ya? Pero ¿le gustarían, en persona, su forma, talla y peso, sus reacciones? ¿Por qué quería quedar con ella? No creía que fuese agresiva ni exigente, como visualizaba al hombre que presidía la rueda de reconocimiento de mi fantasía. Para empezar, había sido su educada dulzura lo que me había permitido sacudirme el miedo y quedar con ella. Entonces ¿por qué? ¿Simplemente porque me había elegido por mi belleza, por ninguna otra razón que mi belleza, como si eso bastara?

Romi entró en la habitación. Llevaba puesta una camiseta blanca y el vibrador le colgaba de la cadera como si fuera un brazo. Atenuó la luz, moviéndose con vacilación, como si estuviera preparándose para algo que estaba decidida a hacer pero que no le resultaba natural. Su cuerpo era firme y tan completamente suyo que no necesitaba ser inventado por el sexo. Cuando se arrodilló en el colchón, me volví hacia ella y abrí todos mis músculos.

Me folló como le gustaba hacer: como si hubiéramos estado separadas. Retrasaba al máximo el momento de la entrada. En voz baja intenté convencerla para que me hablara. Quería expandir la esfera de las cosas que ella convertía en puras. Dime qué está pasando, le susurré al oído. Dime cómo tienes la polla. Dime cómo me ves. Ella dijo *amor*, solo *amor*. La habitación se tornó oscura y azul, el aire húmedo, como si al respirar estuviésemos creando nuestra propia estación. Sentí que estaba al borde de las lágrimas, tan abrumada que no sabía distinguir si me arrollaba una oleada de placer o de congoja. Abracé fuerte a Romi. Tenía unos pechos grandes para su constitución atlética, solía disimularlos poniéndose sujetadores deportivos o tops compresores. Noté en las manos cómo se acumulaba el sudor en su espalda, por debajo de la camiseta. La revelación de su cuerpo, despojado de pretensiones, ya no era una revelación sino el recordatorio de la elección que yo hacía una y otra vez, de la seguridad que representaban sus brazos.

Cuando me corrí, sentí como una tos tremenda, como si mi cuerpo no lograra expulsar una piedra que tenía alojada en su interior.

El apartamento que compartía con mi amiga Fatima estaba a un cuarto de hora a pie del de Romi. En los años que llevábamos en nuestro pisito de dos habitaciones habíamos acumulado demasiados muebles desparejados, sillones con faldas, cojines con estampados variados y una enorme colección de plantas que Fatima mantenía con vida. Se respiraba una especie de aroma dulzón y anticuado, olía a cacao y a ropa de cama. Manteníamos la cocina despejada, a excepción de un hervidor eléctrico sobre la encimera. Cuando las dos coincidíamos en casa, siempre llevábamos a cabo el mismo ritual: tomarnos un té en el sofá.

A Fatima le sorprendió verme llegar tan tarde. Solía quedarme en el piso de Romi, donde teníamos toda la casa para nosotras.

¿Qué tal el trabajo?, me preguntó.

Le enseñé avergonzada el perfil de Olivia.

Es una clienta habitual de la cafetería, mentí. Hoy, cuando iba a pagar, me ha dado su número.

¿Y eso?, dijo Fatima. Quiero decir, ¿qué pasa con Romi?

¿Es que no puedo aceptar el número de una chica?

No parece muy honesto. Pero, bueno, sé lo mucho que te gusta conocer gente, comentó arqueando las cejas.

Mientras hablaba, Fatima puso las bolsitas del té en las tazas. Era una chica guapa y pragmática que atraía a novios leales. A mí me daba envidia y a la vez me desconcertaba que fuera tan estable, en apariencia. Muy a menudo quería exactamente lo que se suponía que tenía que querer, y una vez lo conseguía, lo disfrutaba. Por ejemplo: novios que la adoraban. En ese momento estaba enamorada de un programador que se llamaba Jeremy.

Bueno, ¿qué te parece? Olivia. La chica.

No es tu tipo, ¿no?

¿Quieres decir que parece hetero?

Sí, contestó riendo mientras vertía el agua del hervidor. Supongo que es eso lo que quiero decir.

Estoy un poco rara, reconocí. No sé.

¿A qué te refieres? ¿Algo va mal con Romi?

Agarré las tazas para llevarlas al salón. Tenía ganas de hablar de Olivia con alguien, pero ahora me arrepentía de haber sacado el tema. No me gustaba haber mentido a Fatima y haber omitido la parte de las fotos, y aún menos que ella notara que yo tramaba algo. Lo peor era que no parecía sorprendida.

¿Cómo sabes cuándo quieres acostarte con alguien?, acabé preguntando.

Lo sabes tan bien como yo.

No, en serio. ¿Hay algún detalle específico?, ¿alguna manera concreta de saberlo? ¿O no lo sabes hasta que la otra persona da el primer paso o hasta que sucede?

Eve, eso es como preguntar cómo supiste que eras lesbiana.

Me reí. Pero ¿cómo había sabido yo que era lesbiana? ¿Lo era? A los quince años me enamoré de una chica con la que había crecido en un pueblo aburrido de Massachusetts. Su madre tenía una granja que ocupaba una gran extensión de terreno hacia el norte.

Solíamos pasar las tardes en el granero, besándonos y tirándonos de la camiseta. Era muy guapa y la conocía mejor que nadie. Estando a su lado sentía una determinación que antes había asociado a correr una distancia larga sabiendo que llegaría a la meta y lograría una victoria impecable, y de pronto entendí para qué estaba hecho mi cuerpo. En la experiencia que le había descrito a Romi en nuestro paseo matutino había encontrado esa utilidad y la había puesto en práctica. En la década transcurrida desde entonces me había dedicado a buscar el regreso de esa certeza exquisita en las habitaciones y los cuerpos de todas las chicas que había conocido.

No alcanzaba a conciliar lo que había sentido con el resultado, pues con el despertar de su orgasmo aquella chica renunció a su amistad conmigo, a todos los años que habíamos pasado juntas, a las horas de cháchara en el lago, las noches en que alumbrábamos la barbilla de la otra con la linterna, las mismas horas pasadas en los mismos campos de fútbol, los pantalones cortos y los bañadores colgados en el mismo cuarto de baño, las zapatillas que atravesaban el bosque por los mismos senderos. Tal vez lo que ocurría es que Olivia se parecía un poco a ella.

Mira, le dije a Fatima, no tengo ni idea. Me parece que primero tengo que conseguir lo que quiero, y a lo mejor entonces averiguo por qué lo quería y si está bien.

2

En la universidad había descubierto un truco para pasarlo bien en las fiestas: me ponía a hablar con parejas o personas que se acostaban sobre el momento en que una de las dos había seducido a la otra. ¿Cómo lo supisteis?, les preguntaba. Me encantaba ver cómo empezaban a reírse al recordar las suposiciones que habían hecho y el momento definitivo en que se habían dado cuenta de que era un sentimiento correspondido. Cruzaban una mirada conspirativa mientras recordaban ese lapso de tiempo antes de que se iniciara el sexo: el despliegue de la lujuria y la esperanza que habían albergado, las señales, los mecanismos a través de los cuales habían sido primero descartadas y luego recuperadas. Había gente con historias largas e impresionantes que estaban diseñadas, a la hora de relatarlas, para disimular una falta moral o bien para poner a prueba la moral del oyente. Otras parejas revelaban que se habían acostado a las dos horas de conocerse. A mitad de la conversación la mirada conspirativa que habían intercambiado regresaba a sus rostros al recordar el aislamiento que habían sentido mientras aún vivían con la duda. Una parte de toda esa ternura era íntima, un consuelo de un antiguo yo desorientado.

Iba pensando en eso mientras caminaba por Bed-Stuy para conocer a Olivia: en la cuestión de cómo lo sabría. ¿O acaso era irrelevante después de haber mostrado sin ambages nuestro interés online? Pero tenía que haber un intercambio físico, una mirada de algún tipo que nos asegurara a ambas que ese interés inicial permanecía intacto. Hacía un par de años que no me planteaba un coqueteo.

Cuando llegué, ella ya estaba en el bar, en una mesa en un rincón, concentrada y aparentemente absorta en un libro, con una falda larga que rozaba el suelo. Su pelo formaba un espeso velo. Había un vaso de agua al que no prestaba atención.

Le toqué el hombro antes de sentarme y se sobresaltó. Tenía un cutis bonito iluminado por algunas pecas. Su nariz era un poco ancha, y hacía que las nubes del pelo parecieran más descontroladas que voluptuosas. Cuando sonrió, pensé avergonzada que mi propia nariz amenazaba con estropear mi imagen. Yo era bastante atractiva, pero no impresionante, no al menos con ropa que ocultaba mi cuerpo.

Busqué alguna señal de decepción en su mirada, pero solo encontré complacencia, como si se disculpara por no haberme visto antes.

¿Quieres tomar algo?, me preguntó cuando me senté enfrente. ¿Una cerveza u otra cosa?

De momento no.

Perdona, ni siquiera sé tu nombre. ¿Cómo te llamas?

Eve.

Se puso coloradísima, como una colegiala. No me esperaba eso de alguien que había comentado mis fotos, pero aun así me embargó una especie de confianza cálida: la expectativa de que podría hacerla sentir cómoda y tranquilizarla, y que ella me miraría con gratitud.

Olivia, dije, qué bien que me mandaras el mensaje. Fue una sorpresa, pero me alegro de conocerte.

¿Por qué escogiste el mío?, preguntó ella. O sea... supongo que podrías haber respondido a un montón de mensajes, perdona.

¿Es que quieres un cumplido?

No, no, respondió, y automáticamente alzó el libro a la altura del pecho y después lo dejó bocabajo sobre la mesa.

Porque puedo hacértelo. Tienes un pelo espectacular. Enseguida me fijé en eso en tu perfil.

Bueno, para, por favor.

Y también me gustó tu mensaje. Muy educado.

Ah, dijo Olivia. Esta vez sí que vi decepción en su rostro, le avergonzaba gustar por sus buenos modales.

¿Qué pasa? Sabes que era educado. Me gustó.

Bueno, repuso sin convicción.

Probablemente lo escogí porque eras una mujer.

Sus ojos saltaron hacia la puerta. Me planteé si habría sido un error quedar con ella, si sería peligrosa o simplemente una chica con poca voluntad que se había sorprendido a sí misma al terminar allí. No me interesaba la timidez en estado puro. Por su mensaje, había supuesto que ocultaba cierto desenfreno.

¿Eso… te molesta?, pregunté.

¿Que prefirieras el mensaje de una mujer? Por supuesto que no.

¿Qué tipo de mujeres te gustan? Porque te interesan, ¿no?

Sí, dijo.

¿Te intereso yo?

Olivia volvió a bajar la mirada. Sí, dijo con la expresión de una niña que reconoce una pequeña falta, como pegar un chicle debajo del pupitre.

¿De verdad?, insistí.

No pretendía ofenderte, en absoluto, se disculpó. Eres muy guapa. Lo que pasa es que no sé qué me interesa, todo ha cambiado, estoy en un periodo extraño de mi vida, dijo de pronto muy seria.

Vale, respondí. ¿Qué clase de periodo extraño?

Es difícil de explicar. No hablo de ello, la verdad.

¿Qué te interesaba antes?

No sé. El arte, sobre todo.

¿Y ya no te interesa?

Bueno, soy pintora, dijo ladeando un poco la cabeza avergonzada, como si se apartara de una mano que la fuese a acariciar. Me sentí extrañamente atraída por sus tics, por el modo en que desaparecía bajo su cabello, por los pequeños movimientos frenéticos de sus dedos sobre el lomo del libro. Tal vez era su nerviosismo lo que me atraía, la manera en que me forzaba, por contraposición, a una comodidad y seguridad poco habituales.

Así que antes te interesaba la pintura, dije, y ahora te interesa otra cosa. Algo sexual, imagino, ya que respondiste a mis fotos.

Olivia siguió jugueteando con el libro que tenía entre las manos. Se encogió de hombros.

¿Qué es tan extraño en tu vida ahora?

Tras una larga pausa, levantó la vista y apretó los labios.

Me acuesto con un hombre, dijo. Nos gustaron tus fotos y pensamos que quizá te gustaría quedar. Los tres.

Volvió a invadirme la misma sensación del día antes al salir de la cafetería: esa nueva idea de mi vida como un espectáculo para un espectador poco entusiasta. No había nada especialmente escandaloso en la sugerencia de Olivia. Las mujeres que salían con mujeres estaban acostumbradas a ello, puede que hasta hartas. Sin embargo, tal vez por un deseo de intriga, lo sentí como una complicación emocionante, un nuevo hilo que desenredar. Como mínimo era la confirmación de que detrás del juego tímido de Olivia había algo más. Algo previo y potencialmente jugoso, sujeto a sus propias reglas.

Vale, dije. ¿Y qué hay de extraño en eso?

Es difícil de explicar. Tienes que conocerlo.

¿Por qué debería fiarme de ti? A ver, ¿él quién es?

Tendrás que conocerlo en persona. Te gustará.

Olivia, si es que te llamas así, parece que estés reclutándome para entrar en una especie de secta, ¿te das cuenta? Y yo que pensaba que tenía una cita con una chica y nada más.

Volvió a sonrojarse. No es ninguna secta, dijo.

Entonces ¿por qué no me enviasteis el mensaje juntos?

Lo hicimos.

Ah, pero eso no me lo has dicho.

Acabas de decir que miraste mi mensaje porque era una chica.

Bueno, ¿y por qué no ha venido?

Nuestra relación es un poco complicada. No salimos juntos demasiado.

¿Por qué no?

No te lo puedo explicar todo yo sola. ¿Vas a quedar con nosotros? A los dos nos gustaría verte. Este fin de semana.

¿Haces esto a menudo?

Por supuesto que no. Nunca lo había hecho.

¿Nunca le habías pedido a una mujer que quedara con vosotros dos? ¿O nunca te has acostado con una mujer?

No, respondió, y seguía evitando mis ojos. No, ya he estado con una mujer. Con mujeres, quiero decir.

Ese tío podría ser cualquiera.

Lo sé, dijo Olivia. Por fin sonreía. No lo estoy vendiendo muy bien, ¿verdad? A Nathan se le da mucho mejor que a mí. Él te convencería al momento.

¿Cómo te convenció a ti?

Ah, no, a mí no me convenció, repuso. Es una larga historia.

Bueno, ¿tienes planes esta noche? ¿Por qué no pedimos algo y me lo cuentas?

No, lo siento. Tengo que irme pronto, pero deberías venir a conocerlo este fin de semana.

Es a ti a quien quería conocer. Además, no me fío de él.

Tampoco tienes ningún motivo para confiar en mí.

Cierto, pero me gusta tu aspecto. Eso es suficiente por ahora.

¿No sientes un poco de curiosidad?

¿No sabes que los hombres son peligrosos?

Ahora, en serio, dijo con dulzura, ¿no te gustan los hombres aunque solo sea un poco?

No tienes ninguna intuición con los hombres, ¿eh?, me preguntó Fatima una vez que salimos a un bar de heteros y dejé que me invitaran unos tipos, como si fuera una estudiante de intercambio en su territorio. Sí, las dinámicas entre hombres y mujeres eran extrañas. Me vi probándolas, consciente de todos los puntos en los que no estaban hechas para mí. Vislumbré un ápice de miedo en Fatima cuando lo admití. No podía llamar intuición a lo que sentía por los hombres. Era como si la mayoría ni siquiera existiera para mí, excepto de manera difusa, como conocidos u obstáculos. Y luego, de vez en cuando, en presencia de un hombre que emanaba poder, sentía una especie de ingravidez; yo misma notaba cómo me ablandaba y sonreía amigablemente con apenas un ligero toque de su atención. Esa era una verdad tan inadmisible en mi vida que incluso me insistía a mí misma en que no era así.

No sé, le dije a Olivia. Alguna vez me han gustado. Pero preferiría que la cosa no fuera más allá. No estoy interesada en que me gusten.

¿Por qué publicaste las fotos si no querías que las vieran hombres?

Me reí para ocultar la punzada que me produjo su observación.

No fue con un hombre con quien acepté quedar, repetí.

No, pero no creo que te importara. En realidad creo que te encantará conocerlo.

Eso también me gustaba: la convicción de Olivia. Por primera vez se la veía segura, o, si no segura, al menos superior. Estaba perdiendo el interés por mí. Ella se había embarcado en esto como favor a un hombre más que por deseo hacia mí. Si me negaba, se iría con una ligera decepción, con la certeza de que era yo quien salía perdiendo y no ella. En realidad habíamos discutido más que coqueteado, y no había habido ningún momento en el que supiera con seguridad que, llegadas a cierto punto, acabaríamos cayendo la una en los brazos de la otra. Pero, justo entonces, al atisbar mi propia superfluidad, supe que intentaría seducirla.

Así que no podré verte a solas, dije. ¿De ninguna manera?

Si te apetece aceptar la invitación, respondió, estamos libres el sábado por la noche. En el Uptown. Te mandaré un mensaje.

Recogió el abrigo de la silla y empezó a guardar sus cosas. Cuando cogió el libro vi que era un ejemplar viejo de *Mansfield Park*.

¿Ya te vas?, exclamé. ¿Ya está?

Parecía tan avergonzada que enseguida lamenté haber hablado. No estaba acostumbrada a ser tan delicada como ella necesitaba que lo fuera. Aun así, me sentía ofendida por el rumbo que había tomado la conversación.

Lo siento, insistió. Espero que nos veamos este fin de semana, ¿vale? Se fue con la cabeza gacha y la falda arrastrando tras ella.

Ahora que había llegado a ese punto no estaba tan segura de estar preparada para ello, sea lo que fuere lo que hubiese encontrado. Hasta entonces había dedicado mucho tiempo a disuadirme de cosas que me gustaban con tal de poder ser otro tipo de persona, alguien mejor. A lo largo de la década anterior me había convencido a mí misma hasta convertir la atracción por las mujeres en un compromiso político con el lesbianismo, y hacer del disfrute general de los placeres de la vida una vergüenza profunda por todas las frivolidades con las que había gozado: engaños seductores e inofensivos, aventuras, vanidad, mujeres guapas, personas que sabían bailar, taxis y cafés en la calle, hombres que me silbaban al pasar, piropos que hacían que me ruborizase. Incluso gente que se las arreglaba para «salirse con la suya», o gente a la que le gustaba creer que se salía con la suya con tal o cual cosa cuando en realidad no era así; podía recordar lo que se sentía y lo echaba muchísimo de menos. Creía que me gustaba la seriedad, y en teoría me gustaba, pero la gente seria me aburría. Sin embargo, ¿cuál era mi deber sino vivir según las normas que, en mi opinión, harían funcionar el mundo, y poder aportar así mi granito de arena para hacerlo realidad?

Constantemente era consciente de la facilidad con la que podrían desbaratarse esos años de censura interna. Nunca lo había admitido ante nadie, pero lo cierto era que, si alguien me hubiese preguntado en sueños, le habría respondido que me resultaba imposible elegir entre hombres y mujeres. Era como decidirse entre la tierra y el mar. Había uno que era obvio; para la mayoría era el sexo opuesto, aunque conocía a mujeres que escogerían a las otras mujeres sin dudar, como si los demás estuvieran ciegos. A menos que fueras un auténtico disidente, a menos que renunciaras a todo lo bueno que te había tocado en suerte, vivías en la tierra, en el mismo paisaje que contenía a todos aquellos a quienes amabas. Pero la decisión no era fácil. Cualquiera que hubiera estado alguna vez en el mar sabía que no podía renunciar a él por completo. El mar era la prueba de que el mundo era grande, de que era redondo, magnífico y monstruoso. Era celebración, la atracción, la profundidad. ¿Quién podía prescindir de él?

Así veía yo tener que elegir entre hombres y mujeres. Probablemente uno haría la misma elección una y otra vez, por supuesto que sí. Las personas son proclives a ciertas cosas. Aunque de vez en cuando se haría algo distinto para no olvidar que estamos vivos. Hace falta un poco de sexo para recordar que en realidad no conoces a la gente cuando la ves por la calle. El sexo te fuerza a volver al asombro: te revela lo difícil que es conocer a alguien, cuánta aten-

32

ción y autoengaño son necesarios para conjurar el amor. Yo pensaba que la mayoría de la gente viviría así si, desde el punto de vista cultural, la bisexualidad fuera tan fácil como el adulterio. Este siempre se había considerado una especie de indiscreción tácita porque permitía que una vida monótona siguiera siendo soportable, aportaba un nuevo lustre a lo que uno había elegido. Y yo no quería renunciar ni a lo uno ni a lo otro, ¡no quería renunciar al lustre de la vida! Para dar brillo a la vida, pensaba yo, se requerían numerosos equipos de participantes: hombres, mujeres, respeto y faltas de respeto, amor y sed de odio.

Sin embargo, sabía que eso no era lo que se suponía que debía querer. ¿Cómo iba a saber qué clase de cosas eran buenas? Solo me habían enseñado lo que debía evitar. Nadie me había explicado bien qué era lo importante. A mis amistades y a mí nos criaron sin una religión real y sin una ética de la vida que sirviera de baremo para filtrar nuestras creencias y ambiciones. Habíamos crecido con el dinero suficiente para no tenerle miedo a un futuro en el que tuviéramos que luchar por sobrevivir; teníamos apartamentos con ventanas que daban a calles —en nuestros barrios de Brooklyn— en las que los árboles y las aceras ajardinadas florecían sin emoción en los meses más calurosos. A menudo no teníamos los trabajos con los que soñábamos, pero más a menudo aún no acabábamos de tener claro con qué debíamos soñar. Construir una vida que girara en torno al dinero, las posesiones o el estatus ya no bastaba. Nos habían enseñado a valorar el amor y al mismo tiempo a no depender demasiado de él, porque el mundo de excesiva libertad en el que nos habían criado no propiciaba la sufrida lealtad que el amor requería. Se nos animaba a que nos preocupáramos por la situación del mundo, pero nuestra capacidad para influir en él a nivel personal era muy cuestionable. En general, se nos decía que la distancia entre el deseo y la obligación se había reducido en las décadas precedentes, pero parecía que todos coincidían en que la ausencia de obligaciones no nos iba a liberar.

Sobre todo nos encontrábamos creyendo en la complejidad, un paradigma que no carecía de mérito: nos permitía evitar caer en el dogmatismo extremo o la ignorancia, como en el caso del militarismo o la participación en estafas piramidales. Pero también justificaba con facilidad el letargo. Al echar un vistazo a los compromisos morales que entrañaban cada decisión, a veces parecía que la inercia fuese la dirección a seguir con menos objeciones.

Envidiaba extraordinariamente a las personas religiosas, que se adherían a un código que determinaba lo que debían querer, lo que era bueno y lo que era malo. Tenían esos baremos de certeza. Y practicaban rituales que hacían que sus vidas parecieran regidas por la lógica del tiempo: bautizos, fiestas, ceremonias semanales, lecturas, rezos. Se empeñaban, suponía yo, en alcanzar una serie de ideales imposibles y siempre se les perdonaba si fracasaban. ¿Había mejor manera de vivir que estar siempre en movimiento y a la busca de algo perfecto, un movimiento que te llevaría hasta el fin de tus días?

Yo no conocía a nadie que tuviese fe, de hecho, ser creyente se consideraba una claudicación: una especie de complicidad activa con las estructuras que sostenían el capitalismo. Pero tenía que haber otras maneras de crear la ilusión de que subyacía una lógica gobernante. Admiraba los uniformes, que indicaban una confianza singular en el deber o en la vida intelectual en detrimento de la vanidad (cada vez que veía a Romi con su uniforme me invadía un sentimiento de respeto). Admiraba las vidas de los activistas, que elegían o se topaban con una creencia que consideraban intachable y estructuraban todos sus esfuerzos en torno a sus requisitos. Pero ¿en qué podía creer yo que fuese intachable?

Lo *queer* surgió en mi vida como una fe: al llegar a Nueva York descubrí que había creencias compartidas, sistemas compartidos, si no entre todo el colectivo al menos entre algunos para quienes lo *queer* representaba un tipo concreto de conciencia ética. Fue en ese ámbito donde supe qué podía desear. Existía un gran desagrado por el estancamiento, un énfasis en el dinamismo. Más que nada era crucial aprender cada vez más sobre uno mismo, para saber qué hacer con tu cuerpo y con tu vida: a quién amar, cómo amar, saber cuáles eran los riesgos para poder prevenirlos. El autoconocimiento parecía especialmente importante para las personas *queer*, porque participábamos en un proceso continuo de recuperar lo que habíamos reprimido, de sacarlo a la luz, y de cuestionar lo que habíamos dado por sentado. Por encima de todo se apreciaban la franqueza y la sinceridad, dentro de la práctica imperante de la tolerancia radical, en la que hablar de cualquier tema solo podía traer beneficios y los secretos no acarreaban más que heridas vergonzosas.

En una vida en la que hay tantas opciones posibles y pocas luchas genuinas, no hay sin embargo escasez de emoción, y de repente te encuentras con que algo ha pasado a ocupar una parte central de tu mundo casi en contra de tu voluntad (aunque como tu vida se adapta casi mejor que cualquier otra al espacio y el tiempo, la sensación de que es en contra de tu voluntad es ilusoria). Algo ha pasado a ocupar una parte central de ti. A veces es una pérdida omnipresente pero dolorosa, o una fijación persistente en tu propia inadecuación ante esa vida grande y adaptable y sus infinitas oportunidades. Una vida sabe que necesita una forma, y siguiendo el ejemplo de las películas y otras vidas que ha vislumbrado, escoge un núcleo alrededor del cual moldearse. Una vida reconoce el teatro en el que su propietario parece más real.

Frente a todas mis mejores motivaciones, mi vida reconocía el sexo.

3

Olivia quería vivir en estado de éxtasis. Había ido por la vida de un modo convencional, pintando, yendo a trabajar con sus faldas largas y sus zapatos Oxford, y no había sido suficiente. Lo que envidiaba de ella era que, a través de Nathan, había dado con la fórmula.

Llevaba años enamorada de él. Ferviente y escandalosamente enamorada. Sin embargo, Nathan era de esas pocas personas exentas de amor. Desde nuestro primer encuentro me pareció tan autosuficiente, tan *completo*, que no lograba imaginar que se hubiera encontrado nunca a merced de nadie. Cuando estaba relajado tenía una expresión plácida y a la vez divertida; sus gestos eran decididos. A su lado me sentía casi transparente. Cuando vi cómo trataba a Olivia empecé a sospechar que disfrutaba azuzando las emociones y los deseos de los demás mientras él permanecía completamente intacto.

Si Nathan hubiese sido artista me habría resultado lógico. De hecho, habría parecido el golpe artístico definitivo: ser tan hábil suscitando un deseo tan vívido como el de Olivia mientras conservaba la capacidad de presenciarlo con indiferencia. Pero no era artista. Hacía tres años que dirigía la oficina de inversiones de una familia en Manhattan. En una ocasión, mientras me vestía antes de dejar su apartamento, y en medio de mi habitual sarta de preguntas acerca de Olivia, terminé diciéndole: ¿Te molesta que siempre haga tantas preguntas?

No, disfruto cómo absorbes la información, respondió. Ese es tu talento. El mío es follar.

Eso no es verdad, me dijo Olivia cuando estábamos los tres juntos. Era la tercera noche de un diciembre atípicamente caluroso que pasaba con ellos. Estábamos en el bar Pleiades, uno de los locales del Uptown −con cartas de cócteles forradas de cuero y personal respetuoso− que ambos frecuentaban. Nathan y yo estábamos uno junto al otro en un rincón fastuoso y Olivia enfrente, al otro lado de una mesita redonda.

Nathan es artista, claro que sí, dijo Olivia. Él también pinta, ¿sabes? Antes al menos.

¿En serio?, pregunté yo.

Sí, antes, respondió él.

Era un pintor estupendo, observó Olivia. Tenía un don innato, pero nunca se lo tomó en serio.

¿Y por qué lo dejaste? Si es que lo dejaste.

No sabría decirte, repuso él.

Se hace el modesto, me dijo Olivia. Perdió el interés porque todo se le da bien. ¿No es así, Nathan?

Olivia se echó a reír cubriéndose la boca con la mano. Había notado que no solía fomentar el buen rollo entre nosotros, así que me gustó verla reír. Acaricié el muslo de Nathan por debajo de la mesa para asegurarle que solo estábamos bromeando. Siempre se me olvidaba que él era inmune a las bromas o a formas más duras de crítica y que eso me liberaba de los dictados sociales habituales.

Pensé que me exigiría demasiado, dijo Nathan. No me parecía que pudiese hacerlo como Olivia, poniéndome a pintar al volver a casa después de trabajar. Ese tipo de doble vida. Sentí que si quería dedicarme a ello tendría que volcarme y vivir de un modo completamente distinto. Y no quería.

¿En qué sentido un modo distinto?

Entregarme a ello, respondió.

¿Y eso qué significa?, ¿vivir de acá para allá? ¿Dejarte el pelo largo?

Pero había algo romántico en eso, dijo Olivia sonriendo. Cuando íbamos a la universidad, él vivía en una especie de buhardilla cerca de Massachusetts Avenue, en Boston. ¡Sí, de verdad! Era una buhardilla. Su pequeña buhardilla. A mí me daba envidia.

No recuerdo que vinieras nunca a la buhardilla, como tú la llamas, dijo él.

Fui una vez. A una fiesta.

¿Y tú?, le pregunté a Olivia, ¿no lo vives así? ¿Puedes ir a trabajar, volver a casa y ponerte a pintar? ¿No te molesta?

No, respondió. Agachó la cabeza cuando centré mi atención en ella. Mientras las dos charlábamos con Nathan había avidez en su rostro, casi bajaba la guardia, pero en cuanto me desviaba hacia ella volvía el recelo. Me hacía sentir sin gracia e insegura. ¿Tan poco interesante era yo al lado de Nathan? ¿O acaso la idea del sexo que vendría después –las noches que salíamos siempre eran un preámbulo del sexo– le disgustaba o asqueaba tanto que solo soportaba mi presencia por Nathan? Y, si era así, ¿por qué aceptaba una situación tan reveladora y exigente?

Me preguntaba, y no era la primera vez, si estaba siendo estúpida y convencional al dar por hecho que todo era idea de Nathan. ¿No había sido Olivia la que se había acercado a mí? ¿Y no había sido yo quien había colgado aquellas fotos? Caí en la cuenta de que yo quería que fuese idea de él.

No, me gusta pintar en mi tiempo libre, continuó ella. Se toqueteaba las puntas del pelo, bajo control en una larga trenza. El trabajo es como si... me llenara. Me nutre. Me gusta pensar en otras cosas.

¿Y las incorporas a tus obras cuando pintas?, le pregunté.

Más o menos. Lo incorporas todo, supongo.

Liv, ¿quieres otra copa?, preguntó Nathan.

No, gracias.

Vale, pues vámonos de aquí.

En cuanto apareció el camarero, Nathan pidió la cuenta con una eficiencia que implicaba una superioridad natural por la que no necesitaba disculparse. Era impecablemente educado, y aun así se movía con una rapidez que parecía, hasta con ese pequeño gesto, estar acusando a todos los que seguían holgazaneando en el bar Pleiades. Nunca había visto algo tan elegante y tan desconcertante a la vez. Quería huir de él y aprender a decir «gracias» igual que él, como si la palabra y la multitud de personas a las que yo se la decía me pertenecieran.

¿Cómo lo había sabido Olivia? Ella y Nathan se habían conocido en la universidad y habían mantenido un contacto esporádico a lo largo de seis años, desde que ella se graduó hasta que, en una fiesta de Navidad que dio un amigo común, Nathan le ofreció un puesto de trabajo. Él estaba organizando la creación de una oficina familiar de un importante y adinerado clan bajo la supervisión de un banquero avezado, con la esperanza de que fuese una oficina joven, innovadora y preparada para encargarse de las necesidades de la última generación de la familia. Ya no querían que sus fortunas se invirtieran en la producción armamentística ni en farmacéuticas, o por lo menos buscaban inversiones nuevas, más jugosas, para desviar la atención de las más ofensivas; apreciaban los orígenes de Nathan y su formación artística, aunque lo que valoraban más de lo que eran conscientes era su estilo de gestión firme a la vez que elegante.

Por entonces Olivia trabajaba, sin mucho éxito, en una serie de cuadros para una exposición planeada para finales de aquella primavera, pero no llegó a materializarse. Vivía de rentas, pero no se sentía cómoda estando ociosa ni con la imagen que eso generaba, y el tiempo que antes había llenado su novia se había convertido, tras una ruptura desagradable, en un vacío lleno de rencor. Y desde que estaba en la universidad había alimentado unas fantasías inexplicables de hacerle una felación a Nathan. Como alumno de último curso, le había causado una impresión imborrable durante los seis breves meses de su primer año. Estaba obsesionada con su manera de tomar decisiones, cómo hablaba a la gente, cómo se movía, como si nunca hubiese experimentado la duda. Ella era una persona que se iba de las cafeterías cuando había demasiada gente o el camarero estaba de mal humor.

Nathan le dijo: ¿Sabes? Me parece que no deberías poner tanta presión sobre esos cuadros. Puede que haya un puesto para ti en la oficina. El trabajo serio podría inspirarte, estimular tus ideas, crear una nueva dinámica.

Olivia, que rara vez había fantaseado con los encantos de la vida empresarial, sintió que la propuesta de ese cambio de escenario cobraba un atractivo sorprendente en boca de Nathan. ¿Tú crees?, dijo ella. Y él hizo un gesto de desdén con la mano, como si ya estuviera decidido.

Era una persona obsesiva, tímida, nerviosa. Antes de conocer a Nathan, en el instituto, la había atormentado una profesora que hablaba demasiado alto y que no se amedrentaba a la hora de criticar sus excelentes redacciones. Una tarde la llamó a su despacho y le dijo: ¿De verdad crees que esto es lo que espero de ti, Olivia? ¿Esta es la clase de trabajo que vas a firmar? A ver, quiero dejarlo claro. Te lo digo porque espero mucho de ti. Nada más.

Olivia solía pensar en esa profesora cada semana más o menos, con una humedad vergonzosa entre las piernas, y se acordó de ella perfectamente cuando Nathan le sugirió que aparcara la pintura y fuera a trabajar para él. Estaba convencida de que había algún fallo no ya en sus cualidades sino en su capacidad para guiarse a sí misma, y el cambio de rumbo que le marcaba Nathan le hizo sentir un alivio y una excitación apabullantes. Aunque él le había concedido permiso para abandonar los cuadros, se dio cuenta de que volvía a ellos con otra perspectiva. Él nunca le había hecho una señal sexual. Pero ella percibía que su energía era inagotable, que su apetito era voraz, y presentía que no era de los que declinaban invitaciones.

Una noche, en un viaje de trabajo, ella llamó a la puerta de su habitación del hotel e insistió una y otra vez para que le dejara chupársela. Por favor, por favor, por favor, por favor, por favor, te lo pido, le dijo.

Su abyección le pareció a Nathan tan extraña, tan demencial —como si estuviera poseída, en shock o necesitara medicación—, que, aunque Olivia nunca le había interesado en especial, empezó a tratarla como habría hecho con un inquietante objeto de investigación, decidido a descubrir la cura que necesitaba.

Subíamos por Park Avenue hacia el apartamento de Nathan, en la calle Ochenta y tres, los tres caminando con torpeza uno al lado del otro. Olivia iba mirando sus Oxford negros. Yo imaginaba que andaba por la calle con la vista fija en el suelo porque era artista. A lo mejor era su costumbre. Nathan había mencionado que también hacía fotografías, como aficionada, para después pintarlas.

Era exagerado lo tímida que se mostraba a medida que nos íbamos acercando al edificio. Cuando Nathan entró en el vestíbulo, sujeté la puerta para que ella pasara y bajó la vista. Por un instante me acordé de Romi: ella siempre sujetaba la puerta, siempre me dejaba entrar a mí primero.

Buenas noches, le dijo Nathan al portero.

El ascensor conducía directamente al apartamento. Había un recibidor privado, dominado por un imponente reloj de pie. Ese lujo me resultaba lejanamente familiar; de pequeña había tenido amigos que vivían en casas enormes, con recibidores repletos de obras de arte. Sin embargo, asociaba esa clase de riqueza a la mediana edad y la vulgaridad. Como adulta en Nueva York, aparte de en restaurantes y revistas, nunca la había encontrado.

¿Qué os apetece tomar?, preguntó Nathan desde el salón.

Cualquier cosa, respondí.

Me da igual, dijo Olivia. Voy a por agua.

Mientras me desataba las botas, ella escapó por el recibidor hacia un ala de la casa que había permanecido oscura y desconocida para mí a lo largo de las noches que había estado en ella, aunque supuse que habría una cocina. En cuanto llegábamos, ella siempre ponía alguna excusa para evitar el salón, donde Nathan se ponía cómodo, como si toda la situación le resultara mortificante y fuera incapaz de quedarse allí sentada. En esos momentos me preguntaba cómo nos llevaríamos Olivia y yo sin Nathan dirigiendo la acción. Recordaba el tira y afloja entre otras mujeres y yo al que estaba tan acostumbrada, en cierto modo más intenso que las negociaciones habituales que exigían los actos sociales: a menudo ninguna de las dos se ofrecía a capitanear y yo terminaba abrumada por la responsabilidad de tener que lidiar con cualquier problema que pudiera surgir entre nosotras. Además de placer había ansiedad en la negociación. Era estresante evitar el trono del poder, rodearlo o fingir que lo habíamos dejado atrás debido a nuestra naturaleza *queer*. Esas maquinaciones jamás se le habían pasado por la cabeza a Nathan.

Antes de aquel mes hacía años que no estaba sola con un hombre en una habitación. En cuanto Olivia desaparecía, mi cuerpo recordaba, bajo la excitación de él al darse cuenta, de por qué era así. No tenía motivos para pensar que Nathan fuese violento, pero igualmente no le quitaba ojo, notaba lo a gusto que parecía estar en aquella situación, en lo poco probable que era que esa calidez se transformara en furiosa inseguridad.

Me dio una copa de vino. Nos sentamos cada uno en una punta del sofá, que estaba gastado y tapizado con un brocado oscuro que me recordó a los muebles que se ven en las salas de lectura. En general, la decoración del salón de Nathan tenía un aire discreto y anticuado, casi modesto, algo que era incongruente teniendo en cuenta la majestuosidad del edificio y el vestíbulo. Tenía las típicas lámparas de banquero verdes idénticas a las que había en la biblioteca pública; había reposapiés frente a dos sillones que tenía en un rincón.

¿Qué tal en la cafetería?, preguntó. Eres camarera, ¿no?

Está justo en el barrio de Olivia, contesté, pero nunca se pasa.

Seguro que le da vergüenza.

¿Por qué?

No sé, todo le da vergüenza.

O sea que no es por mí.

Nathan se levantó del sofá y abrió la ventana que estaba más a la izquierda de las cuatro que había en la larga pared del salón, luego encendió un cigarrillo de un paquete que había en el alféizar. No lograba averiguar si lo encontraba atractivo o no. Era pálido, con una buena mandíbula y de porte relajado. No era su rostro sino su traje lo que siempre sentía que miraba, el cuello desabotonado, blanco y reluciente, la manera en que la camisa lo sostenía sin reservas ni pretensiones. Llevaba un reloj discreto con la correa de piel negra y un anillo de oro en la mano derecha.

Dejó la copa de vino vacía al lado del paquete de tabaco para tirar la ceniza. Me pregunté si se creía demasiado bohemio o idealista para usar un cenicero.

No, dijo, no es por ti. Qué va.

Entonces ¿por qué me eligió?

No sé si te eligió, comentó riendo. Te elegimos juntos.

Ah, ¿eras tú el que estaba mirando mis fotos?

Por supuesto.

¿Y fuiste tú quien firmó el mensaje con el nombre de Olivia?

¿Me imaginas escribiendo un mensaje así? Nathan se rio. No, lo escribió ella. Pero solemos ver fotos juntos y comentamos lo que nos gusta. O yo le digo lo que me gusta. Ella lo disfruta.

¿Y envía mensajes por ti?

Es algo que hacemos juntos, volvió a decir. Una cosa entre tantas. Un pequeño aprendizaje.

Nathan me hizo un gesto con el cigarrillo para que me acercara y caminé en calcetines por la alfombra hasta las ventanas. Me pasó el pitillo y se encendió otro.

Pero se ha acostado con mujeres antes, dije.

Sí, sí. Sobre todo con mujeres, antes de esto.

Hablábamos de Olivia como si fuésemos sus tutores y la tuviéramos a nuestro cargo. Toda su actitud exigía protección. Y, aun así, me fascinaba una especie de temeridad que yo vislumbraba en ella, y que era evidente en su obsesión con Nathan, o si no era temeridad, algún otro anhelo que la llevaba al límite.

Me siento atraída por ella, dije. Tiene algo fascinante, aunque a decir verdad no es mi tipo. Pero también me preocupa.

Nathan me miró y, con toda naturalidad, dijo: Nada de eso es cierto.

¿Qué?

Nada de eso es cierto, repitió. No hay ninguna necesidad de fingir. No te gusta. Vienes por mí.

Me sorprendió tanto que por un momento me limité a seguir fumando y a mirarlo fijamente.

Ni siquiera había visto una foto tuya cuando acepté quedar con vosotros, dije después.

¿Cuánto hace que nos conoces? ¿Dos semanas?, ¿un mes? ¿Y luego te vas a casa y te preocupa Olivia?

Sí.

¿Y qué es lo que te preocupa?

Vamos, Nathan. Ella está en una posición vulnerable: el hecho de que tú la contrataras, que tenga que rendirte cuentas en el trabajo. No sé si me creo que todo sea tan divertido para ella.

Eso es lo que hace que la cosa funcione. Es justo lo que activa a Olivia.

¿Lo sabe alguien? Me refiero a si puede hablar con alguien de ello.

Con su terapeuta, respondió Nathan. Si le apetece.

Ella se juega mucho.

Ambos tenemos algo que perder, supongo. Pero no hace falta que te preocupes.

Pero para ella es diferente, insistí. Trabaja para ti. Tampoco es que entienda a qué os dedicáis. ¿Qué hace Olivia exactamente?

Trabaja en obras benéficas, dijo Nathan.

Ah, claro, obras benéficas. ¿Y eso qué quiere decir?

Ya sabes qué quiere decir, solo que te gusta hacer ver que es algo corrupto. Y lo es, por supuesto, dijo haciendo una pausa para inhalar, pero no más que cualquier otra actividad. ¿Por qué no debería facilitar algunas de las contribuciones más significativas que se hacen al mundo? Olivia es joven y cuenta con la atención de gente poderosa. Además se le da sorprendentemente bien. Tiene la actitud adecuada. Entusiasta y discreta al mismo tiempo.

¿Quién era la familia para la que trabajáis?

Nathan sonrió. Habría sido fácil encontrar la respuesta que buscaba si alguna vez hubiera abierto sus carteras para ver sus apellidos. Sin embargo, Nathan nunca me reveló esa información, y una parte de mí prefería no saberla.

Esto fue idea de Olivia, ya lo sabes, dijo. Después de que viniera a trabajar para mí. Fue ella la que inició las cosas entre nosotros.

Ya, pero ¿no te pone nervioso todo este secretismo? Quiero decir... no se puede mantener así para siempre. Y no creo que ella...

¿No te gusta el misterio?, ¿esa sensación un poco furtiva? ¿Prefieres que todo sea aburrido y como un libro abierto?

Sacudí la ceniza de mi cigarrillo en la boca de la copa.

A Olivia le gusta esto, dijo él. No es cosa mía. Sé que piensas que soy un gilipollas, pero no soy... ¡No, en serio! No soy un sádico. Es lo que le gusta a ella.

Me dedicó una sonrisa triunfal, tenía una mano hundida en el hueco del codo y con la otra sujetaba y movía el cigarrillo. Me reconfortaba hablar con él de esa manera, como si fuéramos colegas preocupados por Olivia y entregados a su felicidad. ¿Pensaba que eso me absolvía de una parte de responsabilidad con respecto a ella? De todos modos, ¿qué responsabilidad tenía yo si hacía tan poco que la conocía, como había señalado Nathan? Siempre había querido confiar en lo que las personas decían de sí mismas. Pero supuse, tal vez para mi conveniencia, que imaginar que entendía a la gente era presuntuoso e inmaduro. ¿Qué sabía yo en realidad de la vida de Olivia? ¿Qué sabía de quién era cuando estaba sola, de lo que quería, de quién había sido antes de Nathan y quién pretendía ser después de él? ¿Y qué sabían ellos de mi vida real, de Romi y de todos los planes que había hecho para ser una buena mujer?

Olivia es bastante fuerte, dijo Nathan. Te lo prometo. Tiene aguante. Parece tímida, pero tiene todo bajo control.

¿Qué pasa?, dijo Olivia cuando finalmente volvió al salón.

Nada, estamos hablando de lo fuerte que eres, dijo Nathan. ¿O no?

Sentada en el sofá sobre sus piernas con medias opacas, encogía los pies y acariciaba un vaso de agua entre las manos.

Eve cree que ella no te gusta, le dijo Nathan. Porque eres un poco tímida.

No es eso… protesté.

¡No!, exclamó Olivia, como si eso aún la avergonzara más. No, no. Me gustas mucho. ¿Verdad, Nathan?

Sí, dijo él. Nos gustas mucho.

Ese diciembre envidié a Olivia cada vez que la vi. Nos habíamos conocido dos meses después de que ella consiguiera por fin seducir a Nathan. Era consciente de que solo estaba al tanto de los aspectos más tentadores e inquietantes de su relación, pero sentía como si esta se estuviera desplegando ante mí. La especial riqueza de la experiencia que ella vivía, conmigo de testigo a lo largo de esas semanas –la magnitud y la pasión embriagadoras de todo–, era evidente en ella como un vestido o un brillo. Toda su vida había cambiado en secreto. Estaba claro que había estado viviendo discretamente entre las ansiedades y los placeres habituales, y que, cuando llegó a ese nivel de intimidad con Nathan por el que se había pasado maquinando gran parte de su veintena, se encontró a sí misma como en una especie de bacanal de cuento de hadas: Nathan se la follaba durante tandas de seis u ocho horas, la animaba a mirar mientras él estaba con otras mujeres, transformó su lugar de trabajo en un paisaje sexual extraño y fascinante. Para ella era amor, algo más profundo que practicar lo que no estaba permitido. Nathan tenía una mesita llena de libros cuyas copias ella llevaba en el bolso: libros que leían juntos. Después del sexo yo los observaba, cómo compartían medio desnudos un trozo de chocolate en su envoltorio antes de ponerse a discutir sobre qué bar elegir de la selección de Nathan, riñendo y provocándose como si fueran hermanos. Él era sumamente experimentado, y era ella la que, además de follar con él, lo complacía, era ella quien lo encontraba brillante. Era como si Olivia hubiera cumplido dieciséis años y hubiese recibido todos sus poderes de golpe, como si la hubieran iniciado en una sociedad secreta que siempre había sospechado que la estaba aguardando.

Ese brillo, que tenía su origen en Nathan, fue lo primero que me atrajo. Mi interés me repugnaba y me fascinaba. Era treintañero, pero tenía una cara aniñada y familiar: era un rostro que había visto por toda la ciudad en hombres jóvenes que se subían a taxis. Siempre llevaba el traje sin corbata. Su mayor atractivo era la fuerza y seguridad de su voz, en la que su carisma era patente. Antes de responder a una pregunta se paraba un momento a pensar y, cuando empezaba a hablar, lo hacía muy rápido e iba ganando rotundidad a medida que avanzaba. Cuando terminaba de formular sus ideas resultaba todo tan categórico que era ingenuo poner en duda lo que fuera que hubiese dicho.

Aunque sabía que yo no iba a reverenciarlo del mismo modo que Olivia, en cierto modo su proximidad me provocaba esperanza. Tal vez me parecía a Olivia más de lo que imaginaba; tal vez podría despertar de mi existencia y ser empujada a un estilo de vida hedonista que me aterraría y me invadiría por completo. ¿No era eso lo que había deseado de Romi?, ¿absorber y manifestar su fuerza y sinceridad? Después de estar con ellos les daba vueltas durante días a nuestras conversaciones, los ritmos y los detalles del sexo, las miradas que habían intercambiado en mi presencia, el tono con el que me habían deseado buenas noches.

Debería haber sabido que sentí celos desde la primera vez que follamos: cuando Nathan empezó a besarme —muy repentinamente-, era su estilo-, noté un rubor victorioso. Un poco borracha, en su espaciosísimo apartamento, flanqueada por copas medio vacías y ejemplares repetidos de *Malos nuevos tiempos: arte, crítica y emergencia* y *The Art Fair*, sabía que en el esquema que constituía su intimidad solo podía retenerlos por medio de la novedad. Sentía intensamente que si yo les gustaba, querría decir que era un objeto de buen gusto: la mejor chica de la fila del vestíbulo. Mi avaricia era desmedida y viscosa. La vida de ambos, tal y como yo era testigo de ella, era la que yo sentía que se me debía teniendo en cuenta todas las concesiones que estaba haciendo a la heterosexualidad, el capitalismo y la monstruosa ciudad: una vida de aventura, idilio, belleza y placer.

Esa noche, como ya se había convertido en rutina, Nathan se movía entre Olivia y yo como si fuéramos islas vecinas. Bajo el rayo de su atención me sentía cálida y tonta. ¿Era absurdo que nosotras dos hubiésemos terminado en esa habitación y que hubiésemos ido más allá del ímpetu amargo y cautivador por el deseo masculino? Ella me había conocido primero, las dos nos habíamos gustado, o eso creía yo. Y aun así, el impulso de impresionarlo era tan grande que no se podía intelectualizar ni descartar a fuerza de razones. En ese momento, en su apartamento, Nathan parecía completamente capaz de determinar nuestro valor.

Y de un modo tan doloroso como delicioso, yo no podía apartar mi atención de él: seguía sus movimientos para saber qué miraba, adónde se dirigía. Mientras Olivia y él jugueteaban, me sentía excitada y ansiosa. Los envidiaba. Por momentos la inseguridad eclipsaba esa envidia; no sabía cómo colocarme mientras aguardaba la señal de que me requerían. Aunque no tenía que esperar demasiado. A lo largo de las noches que pasamos los tres juntos, él nunca se folló a Olivia delante de mí. Después de besarla y despeinarla un poco, se volvía hacia mí, me desnudaba en veinte segundos y me echaba sobre el sofá. En cuanto lo tenía encima me olvidaba de todo salvo de su peso y la temperatura de mi piel, el frío punzante en los puntos donde no llegaba su tacto.

Luego recordaba que era a Olivia a quien yo había deseado. Con quien había aceptado quedar en lugar de con otros. ¿Por qué ella? Se mostraba inocente y al mismo tiempo intensa y caprichosamente sensual. Quería estudiarla, quería acostarla en la cama con ternura.

Mientras yo estaba desnuda bocarriba en el sofá, ella estaba en una punta, aún con su falda de terciopelo y el sujetador de satén; solo se había quitado la camisa, pero parecía una adolescente que se desnuda por primera vez delante de su amante. Se le había salido el pelo de la media trenza.

¿No te apetece?, le dije finalmente. Al mirarla me di cuenta de que me sentía cohibida.

Olivia ocultó el rostro tras una nube de pelo.

Es que es tímida, dijo Nathan mientras ella se echaba en sus brazos.

¿Va todo bien?

Sí, por supuesto, dijo Nathan.

Sí, confirmó Olivia.

¿Quieres un cigarrillo?, me preguntó él.

Vale, respondí. ¿Olivia?

Uy, no, dijo, yo no fumo.

Perdón.

No, adelante. Empezó a ponerse la camisa. Sé que es una tontería, pero… no tengo buen recuerdo del tabaco.

Ah.

Así que no fumo, dijo a modo de disculpa. Pero, por favor, adelante.

Se alisó las medias y volvió a irse.

No, no, dije, aunque ahora ya solo me escuchaba Nathan.

En calzoncillos, de espaldas a la ventana, encendió dos cigarrillos a la vez y dijo: A Liv no le importa.

No está bien, dije yo. No creo que le guste que fumes.

Incluso mientras decía eso sentía que la ausencia de Olivia nos daba la oportunidad de una breve intimidad que me calmaría durante el resto de la noche.

No le molesta, dijo Nathan. Solo está acostumbrándose a esto.

¿He hecho algo mal?

No, no. Le gusta mirar, dijo cuando lo acompañé en la ventana.

¿Estás seguro?

Es bastante masoquista.

Me parece que no le gusto.

Solo está probando cosas.

Aunque sabía que a mi manera yo también estaba probando la situación, me enfurecí: no estaba tan segura de mí misma ni era tan insensible como para ser una prueba.

Entonces ¿qué hay entre vosotros dos? Vamos. ¿No estáis saliendo? ¿Es eso?

Estamos muy unidos, dijo él.

¿No hay nada emocional?

Por supuesto que sí, replicó, como si estuviera comportándome como una tonta. Adoro a Olivia. Es un amor.

Apoyó la mano izquierda en mi cadera desnuda mientras se acababa el cigarrillo. Cuando lo apagó, volvió al sofá y me hizo señas para que me acercara.

Adoro a Olivia, es un amor; como si fuera su sobrina, o una estudiante de primer curso a quien se había dignado follar, una conocida cualquiera que le había hecho gracia, sin más. Ninguna rivalidad. Supe que Nathan estaba siendo sincero, pero lo que decía, en cierto modo, estaba calculado para que sonara auténtico mientras disfrutaba de la intimidad que construía en nuestros ratos a solas, después de que Olivia saliera de la sala.

¿Estás seguro de que no le molesta?, pregunté, ¿que nos acostemos mientras ella está en otra habitación?

Le gusta.

¿En serio?

¿Sabes cuando te fuiste el fin de semana pasado? Después me la estuve follando tres o cuatro horas.

Nathan siempre hablaba de follársela, nunca decía que Olivia y él follaban o se acostaban juntos.

Ah, ¿te la llegaste a follar?, pregunté ¿De veras? Empiezo a pensar que es algo que dices y ya está.

Nathan sonrió. Ya llegará a ese punto contigo, dijo.

Así que te la follaste...

Y estuvimos hablando de ti. Ya sabes, de lo que te gusta, de cómo es follarte, de cuánto me gusta.

¿Mientras lo hacíais?

Sí, le encanta oír esas cosas.

¿Qué más le gusta?

¿Te refieres... a cuál es su estilo?

Es que es tan callada... Conmigo.

Nathan se echó a reír. Yo diría que lo que le gusta a Liv es algo así como... un puño de hierro en un guante de terciopelo. Quiere ser sometida, dominada, pero siempre que sea de un modo intensamente íntimo, intensamente tierno.

Ya veo por qué no le gusto.

Le gustas. Pero no de la manera que tú quieres.

¡No quiere follar conmigo!

A Olivia le gusta mirarte porque le gusta sentir su propia insuficiencia. La dolorosa realidad de sí misma, de su aspecto.

Pero si es preciosa.

Nathan sonrió y ladeó la cabeza, como diciendo: ¿Qué le vamos a hacer?

Él volvió a llamarme y acudí. Mientras estábamos solos era como si me olvidara de mí misma, del mundo de las mujeres, del paisaje de mi vida. El sexo no requería nada de mí: simplemente me sumergía en él. Yo era un regalo que él recibía.

Después de cuarenta y cinco minutos, Nathan se levantó, me sonrió como pidiendo perdón y me explicó que Olivia estaría esperando que fuera a follársela hasta quedarse dormida. Al principio sentí un pellizco mezquino de indignación. Era la misma sensación que si una amiga me hubiera dicho que se había pasado toda la noche delante de la casa de un ex o había montado un numerito estando borracha, algo tan sincero y penoso que me provocaba dolor de cabeza. Además, ¿qué era eso de que la follaran hasta quedarse dormida? ¿Necesitaba una dosis extra de esfuerzo para cansarse y poder dormir? ¿O estaba tan unida a él que no era capaz de pegar ojo si no estaba entre sus brazos?

Entonces, mientras veía que Nathan se dirigía hacia el ala del apartamento donde Olivia debía de estar esperándolo, me pareció que compartían una intimidad profunda: tenían una relación en la que ella aguardaba en la cama incluso mientras él estaba conmigo en el sofá. Paradójicamente, ya que Nathan había estado conmigo en el salón, era como si yo nunca le hubiera importado a nadie de esa manera. ¿Quién se había entregado a mí de tal modo que, fuesen cuales fuesen sus otras preocupaciones e intereses, o los asuntos a los que debía dedicar su atención por las mañanas, hubiera acudido al final de cada noche a velar mi sueño y mi bienestar? Me olvidaba de Romi por completo cuando estaba con ellos: era imposible abarcar la existencia de Nathan y Romi al mismo tiempo, con un solo barrido mental. Lo que en él parecía un ejercicio de voluntad desinteresado y descomunal —regresar a la cama de Olivia de madrugada—, en Romi no parecería más que un incumplimiento desconcertante.

De algún modo, en ese momento, yo no admitía que quería ser una rompehogares. Yo creía que el hogar de Nathan y Olivia pedía ser roto; era demasiado bonito y horrible al mismo tiempo, demasiado impropio. No parecía posible que fuesen ricos, atractivos, exitosos, cultos, que vistieran bien y se sintieran como en casa en bares donde a menudo actuaban cantantes de jazz con vestidos de sirena y, además tener esa relación, que parecía tan privada y estricta, tan envidiable y aterradora: en pocas palabras, la clase de relación que le cambiaría y complicaría la vida a cualquiera.

Si me hubiesen ofrecido el lugar de Olivia, no lo habría aceptado. Su vida le pertenecía a él, que supervisaba su trabajo, decidía su sueldo, frecuentaba a los pocos amigos que ella tenía, conocía a sus padres. Con la excusa de dedicar tiempo a la pintura, ella prácticamente no veía a nadie excepto a él. En la oficina, Nathan la asesoraba y determinaba en qué proyectos trabajaría; en privado, en su estudio, la estimulaba y calmaba para propiciar un estado creativo especial. Esa totalidad era la premisa, la base alentadora. *Dime que no cobraré si no te chupo la polla*, oí decir a Olivia en más de una ocasión, con esa voz tímida que contradecía sus palabras. Yo era demasiado recelosa para sucumbir a esa clase de poder. Contemplaba, sin embargo, después de la excitación que sentía bajo la mirada de Nathan —y en medio de la preocupación que sentía por Olivia—, cómo podría llegar a poseer el mismo poder que él, aunque solo fuese en su forma de moverse y hablar. Pero a pesar de mi desconfianza estaba celosa de ambos. No quería que su relación existiera fuera de mí, en la realidad. Quería verla en una película, a salvo de sus implicaciones y las exigencias de mi papel, y estar al tanto de todos sus giros y conflictos.

A veces me alejaba por completo de la situación —al fin y al cabo, solo había tenido una cita con una chica que había conocido en internet— y pensaba en lo extraño y cruel que era que nuestra relación se hubiese convertido en una especie de competición entre Olivia y yo. Hasta eso era una exageración: yo era un apoyo competitivo, una invitada ocasional en sus vidas, nada más. Y aun así la fuerza de la atención de Nathan reconfiguraba todos mis deseos. Ahora Olivia era más atractiva de lo que me había parecido al principio, y tremendamente intimidante debido a su relación con él, una fuerza con la que no podía rivalizar. Descubrí que, más que estar con ella, quería saber cómo era ser ella, fascinada como estaba al ver el afloramiento de su vida.

No quería desear a Nathan ni entregarme a él, sino agradarle por mi interés por Olivia. Sin embargo, su atención era cautivadora, sin la carga de la vacilación o la rabia. Quería creer que su control era desagradable. Y aun así, me traicionaba y lo ansiaba. Cuando llevaba unas semanas viéndolos, empecé a preguntarme si no me había cansado siempre la presión de dirigir a las mujeres en el amor y el sexo, por más que las deseara. ¿No era desmoralizador que una aventura con una mujer exigiese a menudo que yo tomara la iniciativa y confiara en ser amada una vez hubiese demostrado que podía cuidar de ella y excitarla?, ¿cómo ese tipo de relación parecía depender de que convenciera a una mujer de mi valía? Qué placer ser obvia, aunque lo obvio no fuese más que mi cuerpo. Sabía que a las mujeres les turbaba que su cuerpo estuviese diseñado para el sexo; yo lo había descubierto en la adolescencia, y por ese motivo me había aproximado a mi cuerpo con miedo y con esperanza. Pero con Nathan sentía un gran alivio: para él era obvio que mi cuerpo tenía un propósito, una naturaleza a la que él podía acceder sin esfuerzo. ¿Por qué las mujeres habían temido siempre mi cuerpo, como si pudiera pillarnos a ambas desprevenidas? En cierto modo, nos habían educado para mostrarnos cautelosas con todos los cuerpos de mujer. Cuando estaba con alguna, el placer que encontrábamos la una en la otra estaba influido por viejas ideas de lo que debería ser una mujer, y teníamos que aprender a desterrar esas voces despiadadas para dar lugar a la pasión. Para Nathan yo no era un recordatorio desagradable de su propio cuerpo en tensión; no lo intimidaba. Me veía y sabía qué hacer conmigo.

Mientras estaba debajo de su cuerpo descubrí que todas las incertidumbres del coqueteo me habían agotado: la espera, la ilusión, la persuasión, las tentativas, incluso el éxito. Sabía que eso era debilidad, que era claudicar. Pero resultaba tan delicioso como sucumbir al sueño. Horas antes de que Nathan me fuera a follar, mi cuerpo traicionero se reprimía con fuerza, se erizaba, porque sabía: *Solo tienes que aguardar*, y cuando por fin me penetraba, sentía un consuelo tan nuevo y saciante que me corría de inmediato.

4

En Nochebuena llamó mi padre. Siempre le costaba un poco dejar a un lado el orgullo y pedir lo que quería. En eso nos parecíamos.

Tengo un regalo para ti, dijo alzando mucho la voz como hacía siempre por teléfono. Y he pensado que a lo mejor te apetecería venir un par de días a casa.

Ay, lo siento, no puedo. Trabajo toda la semana en la cafetería.

¿Ni siquiera mañana? ¿El día de Navidad?

Mañana cerramos, pero no me dará tiempo a volver si me quedo a dormir allí.

No tiene ni pies ni cabeza que trabajes durante las fiestas.

Bueno, he de hacerlo, dije mientras me mordía una cutícula. Estaba sentada en el sofá del salón. Fatima daba golpes en la cocina preparando algún postre. ¿Qué vas a hacer por Navidad?, le pregunté. ¿Irás a casa de Jeff?

Sí, pero tú podrías coger un tren por la noche, ¿no?

Estaré con Romi.

¿Ella no tiene familia?

En California, papá, contesté. Además, también trabaja. Tiene uno de esos oficios que todo el mundo admira. Y debe quedarse en el hospital aunque sea fiesta.

Bueno, creo que debería hacer el esfuerzo de ir a ver a su familia, pero si no, puedes venir con ella.

Qué majo eres, papá.

¿Estás replicándome?

No, dije. Pero no voy a ir, ¿vale? Te iré a ver pronto, en primavera o en algún otro momento si te apetece.

Estaría bien que tuvieras vacaciones pagadas.

Supongo que sí, pero me gusta mi trabajo, papá.

Sé que no te gusta que te lo diga, pero tienes que conseguir un trabajo de verdad. El año que viene a más tardar. Un empleo donde puedas tomarte una maldita semana de vacaciones. Tener un buen seguro médico, ¿sabes? Y un coche. Esto empieza a pasar de castaño oscuro, Evie.

Aquí no necesitamos coche, protesté.

No es eso a lo que voy.

Adiós, papá.

Me quedé un buen rato en el sofá con el móvil en la mano. No me importaba trabajar durante las fiestas, pero detestaba haber mentido –no a mi padre, sino a mí misma–, sobre tener que trabajar. En la práctica, era verdad. Mi padre era el contratista destacado de un pueblo rico de Massachusetts, pero no estaba interesado en compartir su dinero conmigo mientras yo siguiera siendo tan rematadamente vaga, como solía decir en los ataques de ira que precedían a su resignación por agotamiento. Había creado su propio y predecible microcosmos capitalista, en el que se me concederían lujos y seguridad solo cuando hubiese alcanzado la estabilidad financiera por mi cuenta. Aunque también era verdad que yo vivía de manera artificial, sin deudas, en un constructo de necesidad financiera. No tenía ninguna duda de que, en caso de sufrir una crisis de verdad, mi padre se dignaría a intervenir y me rescataría. De ahí mi relativa ausencia de ahorros y el desinterés general por encontrar una carrera profesional estable.

Nunca terminaba de decidir qué era peor: si esperar a que llegara el día en que viviría de chuparle la sangre a mi padre o de las ayudas sociales que en realidad no necesitaba a largo plazo, mientras mataba el tiempo con un trabajo de marketing en alguna empresa para el que mis estudios me facultaban pero que no me interesaba en absoluto. Mi excusa era que no había justificación para empezar a acumular riqueza cuando ya me había beneficiado tanto. Mi padre era menos rico que la mayoría de las familias del pueblo en el que me había criado, pero más rico, y con diferencia, que la mayoría de la gente del país, por mucho que la estrecha experiencia de vivir en un lugar tan pequeño hiciera que no le entrara en la cabeza que alguien pudiera considerarlo «rico». Yo daba por hecho que llegaría un día en que heredaría una importante suma de dinero —no conocía la cifra— que no bastaría para dejar de trabajar, pero sí para poder intervenir en caso de crisis y rescatarme a mí misma. Pero no tenía ninguna de las cualidades convencionales que legitimaban esa complacencia: no era artista, ni intelectual, ni soñaba con subirme a un escenario. Simplemente no quería alquilar mi cabeza.

¿Era él?, preguntó Fatima.

Estaba apoyada en el vano de la puerta, lamiendo una cuchara.

¿Ha llamado por fin? ¿Qué ha dicho?

Nada, que le gustaría mucho que tuviese una gran ambición y amor de hija.

Tú tienes ambiciones.

¿Sí?

Como todo el mundo, dijo volviendo a meterse en la cocina. Ya sabes: no deprimirse demasiado, tener un buen cutis, caer bien a la gente, morir rodeada de amigos.

Durante gran parte de mi niñez mi padre fue un progenitor perfectamente aceptable. Nos llevábamos bien. Creo que él agradecía no estar solo y que yo fuera una cría tranquila que no daba problemas.

Nuestros años de cómoda convivencia terminaron cuando cumplí los quince. Me pilló a oscuras, en la puerta de casa, besando a una chica que conocía de la otra punta del pueblo: la amiga de la infancia de quien finalmente me enamoré. A lo largo del invierno posterior, después de cenar, mi padre insistía en que me quedara en la cocina para tener lo que él llamaba «conversaciones».

Es más fácil estar con mujeres, me dijo una de esas noches, presidiendo la mesa llena de platos con sobras y vasos. Abría las manos y tenía una expresión magnánima. Para las mujeres, precisó. Es más fácil estar con alguien del mismo sexo. Es natural que surja una intimidad espontánea con alguien que es como tú, es más sencillo entenderse.

Cogió una mandarina de un cuenco de la mesa de la cocina y empezó a pelarla con el pulgar.

Ya lo creo. Sé lo que me digo, afirmó sonriendo. Pero, cariño, el amor es algo mucho más importante. Sé que eres joven… venga, no te pongas así… lo eres. Escúchame. Deja el tenedor. Piensa un poco en lo que te estoy diciendo.

¿Y qué estás diciendo?

Hay algo especial en amar a alguien que no es como tú, dijo despacio. Sus manos se olvidaron de la fruta. Dejó en la mesa la cáscara en forma de elegante espiral. Una especie de puente, añadió. Construyes un puente. Eso es lo… lo espectacular del amor. Que te lleva a estar en un espacio con alguien a quien de otro modo no entenderías.

Intenté asimilar eso con mis dieciséis años. Mi padre había trastocado por completo las ideas conservadoras que yo había adquirido sobre lo que era natural y lo que no, y que siempre me habían parecido evidentemente falsas. Y por otro lado, en su enfoque había una semilla de verdad que me dio que pensar. Era cierto que para mí las chicas eran lo natural, que sabía por instinto cómo relacionarme con ellas. Y hasta ese momento había considerado esa naturalidad un bien innegable que me redimiría. Si elegía lo que experimentaba como natural, ¿cómo iba a equivocarme? Pero de pronto me preocupó estar siendo cobarde en realidad, pasar de puntillas por la verdadera experiencia de la vida y perdérmela por mi propia estrechez de miras.

Papá, si no te conociera diría que estás hablando de lo que es natural y lo que no lo es, ¿verdad? Solo que no lo has pillado. Dices que las chicas están juntas porque es lo natural, que es más fácil, algo en lo que puedes caer sin más si no vas con cuidado.

Cuando era joven, continuó mi padre, era igual que tú, Evie. No era gay, por supuesto que no, pero tenía todas esas ideas: ideas feministas. Creía en el amor libre. En todo tipo de libertad. Sé que ahora no lo crees, pero los hombres… los hombres no son tan distintos a ti como tú te crees. Han tenido más poder del que les correspondía, eso es cierto. Y una pena. Pero las cosas han ido por el mal camino, ¿no lo ves? ¿No ves que el feminismo ha distorsionado tanto las cosas que ya ni se reconocen?

El tono de mi padre era bajo y lastimero. Todo lo que se esperaba de nosotros, de los hombres, sigue ahí, acabó diciendo. Se espera que seamos fuertes, que aportemos, que pongamos de nuestra parte sin descanso, pero luego tenemos que ser impasibles. No hay clemencia para nuestra ansiedad, nuestro dolor. Ya sabes, por lo que supone esa responsabilidad. Tenemos… Respondemos al amor, respondemos al arte. ¿Podrías hacer el favor de recordarlo? ¿Podrías al menos intentar comprender a los hombres, verlos como son en realidad?

Mi padre solía usar ese tono quejumbroso cuando hablaba de la pérdida de mi futuro heterosexual. Era un sonido de mi propia infancia: lo había usado durante muchos años cada vez que rememoraba su juventud. De joven había sido un músico con mucho éxito —tan bueno que mis tíos hablaban de la música que tocaba de adolescente con tristeza y aflicción—, aunque por motivos que nunca entendí lo había dejado. Tal vez debido a la dulzura y la nostalgia de ese tono, sentí una repentina oleada de amor por mi padre. Aun así, me irritaba que insistiera en su propio sufrimiento. Para él mi salida del armario era otro rechazo personal. Yo era solo otra mujer que no creía que los hombres fueran capaces de ser objetos merecedores de amor, ser más que sufridos proveedores.

El año nuevo llegó y discurrió. Fue un enero estimulante y compasivo. Había pasado casi un mes desde la última vez que había visto a Nathan y a Olivia, y era plenamente consciente de que era él quien siempre propiciaba nuestras reuniones. Estaba en el trabajo, preguntándome si debería enviarle un mensaje a Olivia, cuando el propio Nathan me sorprendió en la cafetería.

Si no te importa, ¿me darías otro vaso?, pidió la mujer que estaba en la caja.

Aquí tiene. Deslicé un segundo vaso por el mostrador.

Detrás de ella estaba Nathan, vestido con un polo rojo y un abrigo negro. Era más alto de lo que recordaba. Sentí una emoción desmesurada al verlo.

Ah, dije. Hola.

La mujer miró a Nathan y de nuevo a mí. Él sonreía indulgente. Conocía esa sonrisa: artificial, correcta. Era la mirada que ponía cuando yo levantaba mis caderas, cuando decía: *Eres gilipollas.*

Saludó afablemente a la señora. Ella cogió el vaso extra y se fue hasta los termos de leche.

Nathan, estoy en el trabajo.

Él se limitó a sonreír y dejó el móvil en el mostrador. Nunca lo había visto fuera de Manhattan. Sentí un desagradable fogonazo de gratitud por el hecho de que Romi no estuviese en la cafetería, aunque no había razón para que estuviera, solo iba a verme los domingos.

Estoy en el trabajo, repetí. Y sé que tú no estás acostumbrado, pero yo trabajo mientras estoy aquí.

Es admirable, dijo él. Me gusta.

¿Sí?

Sí. Veo que eres muy buena empleada.

¿Qué te apetece? ¿Un café?

Un expreso, por favor. Gracias, dijo cuando se lo puse delante. Qué buena pinta, gracias. Oye, mira, voy a ir al baño antes de marcharme. ¿Por qué no vienes?

En el baño, Nathan estaba apoyado contra la pared junto al lavabo. Sus zapatos brillaban por la nieve derretida. Aguardé un momento mientras observaba en su rostro la expresión de atención sincera. Cuando entraba en una habitación donde ya estaba él, solía producirse ese tipo de lapso en el que daba la impresión de estar muy concentrado. Sonrió; incluso distraído era cortés.

Oye, no te puedes presentar así en mi trabajo. Aquí tengo mi vida.

¿Hay algo que no me hayas contado?, preguntó con una sonrisa cada vez más ancha. ¿Alguien a quien le ocultes secretos? ¿Es eso acaso?

¿Por qué has venido hasta aquí? ¿Olivia no te la quería chupar?

Quiero ver tu cuerpo. Enséñamelo. Me subí el suéter por encima de la cabeza. Las luces del baño eran muy luminosas y sabía que notaría cómo se me aceleraba la respiración por debajo de las costillas. Frunció el ceño, como si verme le doliera. Qué maravilla, dijo. Muy bien.

Fui hacia su cremallera, pero él me sujetó un instante la cabeza y me besó en el hueco cálido bajo la mandíbula. Sentí la sangre circular rápido. Era muy extraño verlo en la vida real, en el baño que limpiaba cinco veces por semana, y sin su traje. ¿Acaso le interesaba ahora más que antes? ¿Y por qué me ponían tan eufórica su ceño fruncido, mis pechos a unos milímetros de su boca, intactos, pálidos bajo las luces blancas? Solo ser consciente de esa mirada me nutría; me habría quedado toda la tarde allí, en medio del silencio de Nathan, mirando fijamente sus relucientes zapatos negros por encima de mis pezones.

Al principio de conocernos, con una mano en mi espalda y los dedos índice y corazón de la otra trazando círculos alrededor de su pequeña y rosada boca, Nathan me dijo: Estás hecha para que te follen. Eso es lo que pasa.

Como todos, ¿no?

No como tú.

En febrero volvieron a invitarme al apartamento de Nathan; esta vez no hubo copas de antemano, ni ceremonias ni artificios. Olivia no se levantó del sofá, pero me saludó educadamente cuando Nathan me hizo pasar, y lo siguió con la mirada hasta el carrito de las bebidas, donde él me sirvió una copa. Ella estaba sentada sobre los talones, con sus medias azul marino y el cabello recogido en una trenza, como era habitual. Llevaba un vestido azul de manga larga y unos aritos de oro en las orejas.

Me pregunté cómo vestiría en verano. ¿Llevaría trajes de baño de una sola pieza? ¿Se pondría sandalias? Por el modo en que retorcía el dobladillo del vestido entre los dedos, noté que no estaba a gusto.

Me quité las botas y me senté en la otra punta del sofá. Mis uñas, de color rosa, se veían chillonas al lado de las suyas, limpias y sin esmalte.

Me alegro de veros a los dos, dije.

No había razón para temer, como sabía que sucedería cuando me despertara en mi casa a la mañana siguiente, que no volviesen a invitarme; estaba claro que los tres nos gustábamos, o por lo menos disfrutábamos de una química sexual ambigua. Aun así, sospechaba que cada vez que quedábamos cultivaban de manera consciente esa ansiedad. Los diez minutos antes de irme me trataban con más frialdad.

Hemos tenido mucho trabajo, dijo Nathan dándonos la espalda.

Olivia y yo comenzamos a hablar incómodas, con la falsa cortesía de viejas conocidas que se encuentran después de años sin verse, incapaces de admitir la falta de intereses en común. Comentamos su trabajo en la oficina y el mío en la cafetería. Explicó con orgullo que Nathan acababa de completar un plan de diez años para la familia, por lo que ella tendría que documentarse sobre los sectores en los que podrían tener más impacto humanitario en los próximos años. Saber que pronto estaríamos enfrentadas la una a la otra —aunque ni Olivia ni Nathan reconocerían jamás que eso era lo que ocurría entre nosotras— me empujaba a ser absurdamente alegre y comunicativa, como si pudiera convencer a Olivia, mediante una conversación insulsa, de que en realidad era su amiga.

Cuando Nathan se cansó de la charla trivial, empezó a acercarse a Olivia y la besó de repente mientras ella todavía hablaba. Su fuerza veloz me asombraba. Por alguna razón nunca era ni maleducado ni hostil. Se ponía en movimiento y, acto seguido, el ambiente se cargaba de una intensa excitación. Era esa seguridad de Nathan la que salvaba nuestra torpeza. Ni Olivia ni yo sabíamos nunca cómo comportarnos. Pero su manera de orientarnos, una vez desnudas y en nuestro estado más vulnerable, se percibía como algo bondadoso.

Olivia y yo nos besamos de modo superficial, en mis oídos la sangre corría temblorosa. Ella llevó su boca a la bragueta abierta de Nathan.

Él me tocaba mientras ella se la chupaba. Intenté fingir para mis adentros que Olivia no estaba allí. Para mí era doloroso imaginarla observando. ¿Esa era yo, la mujer que se follaba a Nathan delante de Olivia sabiendo que ella lo amaba, viendo cómo lo amaba, como si su dolor no significara nada? Y aun así, ¿qué sabía yo de la confluencia de su dolor y su placer, de con qué disfrutaba ella?

A los pocos minutos me olvidé de Olivia. Me invadía la necesidad insoslayable y desesperada que siempre precedía al momento en que Nathan me penetraba. El preámbulo me agitaba: estaba nerviosa y avergonzada de querer su atención a expensas de Olivia. Pero él ejercía tal poder en mí que, en cuanto empezaba a follarme, mis dudas desaparecían. Me anegaba, me desbordaba. Al menos en ese preciso instante, era un gran alivio. Mi mente anulada, mi cuerpo lleno de su certeza especial.

Nathan follaba tan bien que yo no podía convencerme de lo contrario: cuando me penetraba sentía la bestia de su atención con cada embestida, la atención de sus ojos, de sus brazos, de sus caderas, las diminutas maneras en que, en cuanto yo descubría lo que deseaba, él se daba cuenta y me lo ofrecía. Sentía como si él se desenvolviera con fluidez en una lengua que yo solo chapurreaba. Sus gestos no eran distintos, en realidad, de los de otros hombres con los que me había acostado cuando era más joven. Sin embargo, era como si conociera mi cuerpo por intuición. Sabía en qué preciso instante me decepcionaba que me follara por detrás —cuando no había más que un ritmo uniforme, sin ascensión— y se movía para darme la vuelta y llegar más hondo. Sabía cuándo quería sus dedos en mi boca, y sabía, sin ninguna instrucción, cómo hacer que me corriera con el peso y la fricción de su pelvis.

Cuando lo miraba tenía el rostro atormentado, los labios apretados por el esfuerzo. Ardía en deseo y sus ojos expresaban agonía. Yo no sabía si esa mirada revelaba sus sentimientos o los enmascaraba. En algún lugar en mi interior esperaba que su cara estuviese limpia y suave, como si solo se limitara a cumplir con sus obligaciones.

Después, al recordar la presencia de Olivia, me parecía irreal que ella lo hubiera observado todo, que yo hubiera estado tan expuesta con alguien que me hacía sentir tan incómoda. Una parte de mí se regodeaba con su presencia, pero también sentía que Olivia era un testigo silenciosamente hostil. Se sentaba sobre los pies en una silla que había cerca. En una mesita había un cuaderno y dos lápices.

Olivia, ¿eso… es un bloc de dibujo?, pregunté.

Solo he hecho cuatro trazos, contestó. Estáis muy hermosos los dos. Juntos.

Me levanté a echar un vistazo a los bocetos y enseguida cerró el cuaderno. Me resultaba extraño que no se disculpara ni me preguntara si me importaba que me dibujara mientras Nathan me follaba. ¿Acaso me importaba? De hecho, había algo en ello que me encantaba, y también en el comentario de Olivia. Aun así, envidiaba esa extraña confianza que tenía para dibujarnos mientras miraba.

Hablamos y fue la conversación la que nos devolvió el equilibrio. Éramos benevolentes entre nosotros. Nathan se sentó en el suelo con la espalda apoyada contra el sofá y alargó un brazo para acariciar la cintura de Olivia.

Me encanta mirar a Nathan con otra persona, dijo Olivia. Con quien sea.

Apenas me percaté de la facilidad con la que me descartó, de lo mucho que me tranquilizó la manera como hablaba de su placer al mirar, que me parecía genuino.

Me encanta ver su deseo, continuó, cómo se materializa…

¿A ti te gusta que te miren?, me preguntó Nathan.

Sí, respondí.

Siempre respondía afirmativamente cuando ellos me preguntaban algo. Supuse que podría gustarme que me miraran, aunque odiaba que lo hiciese ella.

Lo que impresiona de Nathan, explicó Olivia, es su voracidad. ¿No te parece? A ver, es bueno en la cama, sí, pero, al margen de eso, creo que se trata de su deseo sin más.

¿Tan voraz eres?, bromeé.

¿No lo crees?, preguntó Nathan.

¿Sois así cuando estáis juntos en el trabajo?

Más o menos, dijo Olivia. Siempre estoy muy excitada allí.

Todo el mundo debe de saber lo vuestro.

No, dijo Nathan.

De ninguna manera, añadió ella.

¿Sabes que en la oficina hay otras diez mujeres a quien me gustaría follarme?, dijo Nathan, riendo. Por lo menos diez. Amanda. Sadia. Sí, Olivia, ya sabes que Sadia está muy buena. Aunque no lo haría nunca, me dijo a mí muy serio. Jamás. Sería un suicidio.

Y ninguna de ellas follaría contigo, seguro, dije yo.

Olivia, ¿cuántas mujeres hay en la oficina?, preguntó Nathan.

Veinte... dudó ella. Veintidós, creo.

¿Y cuántas querrían follar conmigo?

Las veintidós, afirmó ella.

Yo me reí.

Ya sabes lo que quiero, Nathan, dijo ella. ¿Por qué no me dejas mirar la próxima vez que despidas a alguien? ¿No tienes que echar a Jackie esta semana?

¡Liv!, le advirtió Nathan.

A veces, me dijo Olivia, los abogados le aconsejan que haya una mujer presente cuando despide a una empleada, sobre todo si lleva poco tiempo con nosotros, ya sabes, para atajar cualquier posible alegación. Y al principio, imagínate, era horroroso. Obviamente despedir a alguien es algo horrible. Nathan lo odia. Es enternecedor ver cómo acaba con el ánimo por los suelos. Le aterra esa tarea. Y yo también lo paso mal. Dicen que es incluso peor que una ruptura, que te echen. La gente se disgusta mucho. O se oponen. Hubo una chica que, cuando la despedimos, empezó a hablarme en plan: *Olivia, qué mierda de ayuda eres.* Fue espantoso.

Empezó a enroscar un mechón de pelo en el lápiz que tenía en la mano. Cuando los escuchaba hablar así, se me ponían los pelos de punta.

Pero después de que Nathan despida a alguien, prosiguió, siento una descarga de lo más intensa. Es asombroso. Muy libre y clara. Y es tremendamente erótico, haber visto cómo lo hace... tan bien, ya sabes, con tanto aplomo y decisión... aunque él se sienta fatal, claro.

Mientras la observaba recordé de pronto el libro que llevaba en el bar el día que nos conocimos: *Mansfield Park.* A juzgar por su estado, era un ejemplar que había leído numerosas veces. En aquel momento algo me había parecido posible al ver a Olivia, tan sobria y recatada, con esa novela en la mano que, si no recordaba mal, era una historia de juicio y redención. La seriedad de su ropa y su manera de hablar debieron de recordarme a Romi y me hizo imaginar que en cierto modo tendría principios. Ahora, con la barriga al aire y una expresión decidida que no había mostrado en ningún momento durante aquella extraña cita en Bed-Stuy, me resultaba inconcebible que esas dos versiones de ella fueran la misma persona. Mientras hablaba de lo que experimentaba mientras Nathan despedía a otras mujeres, tenía el aire de un niño que ha descubierto algo que le maravilla y cuyo único interés es sumergirse en ello de cabeza.

Pero había sido yo la infantil al presuponer quién era Olivia solo por haberla pillado leyendo una novela. Porque, en cualquier caso, ¿quién podía vivir siguiendo el ejemplo que encarnaban los nobles personajes de Austen, que esperaban durante años para que llegara ese toque consagrado, si es que llegaba, inequívocamente leales a nuestros ideales y a nuestras familias? Pese a mi incomodidad, no estaba dispuesta a decir nada. Cualquier cosa que pudiera mencionar sobre la corrección, pensé, sería rechazada por ellos dos como algo moralizante e ingenuo.

Nathan lo escuchó todo con una leve sonrisa y los ojos fijos en la copa de vino que sostenía sobre el regazo desnudo.

¿Por qué no dejáis que os mire a Olivia y a ti?, pregunté.

Al oírlo, ella sonrió y se ruborizó, y sentí que tal vez había tendido una especie de puente. El ánimo –renovado y cargado– parecía incluirnos a los tres.

Los seguí por el pasillo hasta el dormitorio de Nathan. Al resplandor acuático de la lamparita de noche solo vi la cama sin hacer, las sábanas, blancas, revueltas junto al edredón y un reloj que Nathan había dejado en la mesilla. Cuando fui a encender la luz del techo, Olivia dijo: No, por favor, no la enciendas.

Ya sabes que Liv prefiere la oscuridad, dijo Nathan.

Me senté en el suelo al pie del umbral. No había ninguna silla y no quería invadir su espacio sentándome en la cama. El corazón me latía con fuerza. Por fin podría ver a Olivia expuesta; temía interrumpirla, por si cambiaba de opinión. La contemplé mientras se bajaba las medias hasta las rodillas y levantaba primero un pie y luego el otro para quitárselas del todo. Su cuerpo era compacto y tenía la belleza de una nadadora: no me había fijado, hasta que la vi inclinada y de espaldas a la luz, en la elegante solidez de sus muslos.

No había alfombra en el suelo y noté el cuerpo frío y pesado.

Nathan era firme y rápido con ella. Ella era toda aquiescencia. Se colocó debajo de él con total concentración y le rodeó el cuello con los brazos como si se preparara para ser alzada. Su voz era entrecortada, como el canto de un pájaro. Mientras él estaba dentro de ella, se susurraban, con los labios en la oreja del otro, tan bajo que no los oía. Era como ver a dos personas cogidas de la mano en la mesa de un restaurante. En abstracto, había algo que yo anhelaba, pero era tan obvio que solo les pertenecía a ellos que no podía imaginarme formando parte de su relación; no tenía nada de la llaneza genérica de la pornografía, ni tampoco de la tentadora dicha salvaje que habría esperado al presenciar un encuentro real. Nathan me resultaba inescrutable. En cambio, Olivia: la manera en que se movía debajo de él y lo abrazaba me confirmaba que lo amaba, que su placer era genuino y monumental. De pronto, para mi sorpresa, él la abofeteó una, dos veces.

Después ella lo abrazó con la necesidad incontenible de un niño. Gracias, susurraba. Gracias, Nathan, gracias.

Entonces él se mostró solícito conmigo. Se separó con delicadeza de los brazos de Olivia y se inclinó para besarme y recordarme que no me había olvidado. Mientras estaba debajo de él, me estremecí, sin querer. Sabía en mis entrañas, como cuando por la calle me abordaba algún desconocido, que si me pegaba, gritaría.

Pero todo siguió su curso como si nada hubiese sucedido. El fantasma de la mano de Nathan no estaba en el rostro de Olivia. Me uní a ellos y los tres nos tendimos cómodamente en la cama. La expresión de ella era seria. El temor a la bofetada me había hecho dudar de mis instintos. ¿Quién era yo para criticar una dinámica consensuada que tenía lugar entre adultos? No era más que una chica convencional que se sobresaltaba por un detalle que me habría parecido del todo banal si lo hubiera visto en un vídeo porno o me lo hubiesen contado en una fiesta.

¿Qué ocurre?, me preguntó Nathan. ¿Te vuelves tímida?

¿Verdad que es preciosa?, le dijo Olivia, mirándome. Ella le rodeaba la cintura.

Me aparté de ellos. Si fuéramos nosotras las que folláramos, sería distinto —deseo, con su propio peso—, pero como Nathan nos había convertido en rivales a causa de su atención, las palabras de ella sonaban acusadoras.

Tiene un cuerpo perfecto, ¿no te parece?, volvió a decir Olivia.

Nathan me miró, extendió la mano para acariciarme el costado.

¿No te la quieres follar?, prosiguió ella.

Mirándola aún, Nathan se arrodilló para penetrarme. Contuve la respiración. Un breve sonido chabacano escapó de él; lo más cercano a una pérdida de control.

¿No es eso lo que deseas?, dijo Olivia. ¿Esos pechos? ¿A ella? ¿A ella especialmente?

Como todos, ¿no? No como tú.

Me concentré en cómo responder a Nathan con mis muslos, para evitar que se preguntara si me estaba afectando escucharla. Era importante parecer que les seguía el juego, que no era demasiado vulnerable, ni demasiado tímida, sino una amante dispuesta. ¿No es eso lo que te gusta? ¿Y no yo? ¿No es mejor que lo que yo tengo? Sentí que me moría de vergüenza: sí, era una mujer capaz de deleitarme al ser comparada con otras mujeres. ¿Cómo lo había intuido ella? ¿Nos pasaba a todas? ¿Cómo íbamos a amarnos entonces?

Intenté relajarme y disfrutar de la satisfacción que Olivia parecía obtener al alentar la preferencia momentánea de Nathan por mí. Pero sentía que ella estaba siendo testigo de mi peor momento, en las profundidades involuntarias de mi sexo, que habían nacido en mí a lo largo de muchos años como recordatorio despiadado de que el mundo estaba tanto dentro de mí como yo dentro de él.

Dime lo mucho que te gusta su polla, me dijo Olivia.

Contuve la respiración.

Es tuya, ¿verdad? Te pertenece. ¿Lo quieres para ti sola? ¿Te gusta lo que te está dando?

Sí, respondí.

¿No es eso con lo que has estado fantaseando? ¿Has estado pensando en Nathan en tu cama, en tu casa? ¿Pensando en cuánto te desea? ¿Soñando con que te desee más a ti?

Sí, dije.

No me mires.

La piel invernal de Olivia estaba radiante, tenía unos hombros pequeños, los pezones casi incoloros, una mano con las uñas cortas y limpias brillaba sobre la cama, donde se apoyaba. Sus caderas eran tan estrechas que su cuerpo parecía una línea fina, estática. El pelo le caía suelto y desmelenado alrededor del rostro; sabía que estaba completamente abstraída porque no se lo había echado hacia atrás. Atenta a mis respuestas, deslizaba la lengua entre los dientes y permanecía inmóvil, como conteniendo la respiración.

Joder, dijo Nathan. Liv, me voy a correr, me corro dentro…

No, dijo Olivia. Su voz perdió el tono acusador, se convirtió en una especie de súplica. No, por favor, Nathan, no.

Te gustaría, me dijo Nathan con los ojos clavados en mi rostro. Que me corra dentro de ti. ¿A que sí?

Por favor, dijo Olivia, quiero…

Nathan salió de mí y se entregó a ella. Cerré los ojos, llevé las manos a mi vientre palpitante. Solo era un juguete para ellos. Eso era lo que había aceptado: noches en las que yo era un accesorio con el que ellos ponían de relieve su relación. Los odiaba y a la vez me moría por ellos; odiaba el distanciamiento de Olivia, cómo esquivaba mi tacto, también cómo reclamaba a Nathan. Había estado nerviosa mientras él me follaba, y sin embargo, perderlo fue doloroso. Escuchaba la respiración de Nathan. El golpe en la boca de Olivia. Después de que él se corriera, oí que volvían a hablar entre susurros, la palabra «ya» o quizá «no», y otras cosas que no entendía.

Mientras escuchaba me imaginé el rostro de Nathan entre el cabello de Olivia, sujetándole la cabeza con las manos, el cuerpo de ella completamente vuelto hacia él como hacia el sol. ¿Por qué me perturbaba tanto su devoción por él? A Olivia y a mí nos gustaban las mujeres, y aun así terminábamos aquí, una y otra vez. ¿Acaso no nos habíamos encontrado ambas inmersas en la belleza y la sutilidad de las mujeres, no nos habíamos recreado construyendo nuevos mundos propios en esos espacios privados y luminosos que se abrían cuando las mujeres exploraban juntas? Puede que Olivia no hubiese experimentado su lado *queer* de esa manera; tal vez había descubierto un lenguaje para ello, que no entraba en conflicto con lo que buscaba en Nathan. ¿Quería lo mismo de las mujeres que de él? ¿Sentía que la dominación que saboreaba no estaba ligada al género?

Nathan tenía un carisma especial, pero su actitud estaba contaminada de arrogancia, de superioridad moral, de momentos de desdén. Antes de conocerlo habría dicho que ese tipo de hombre había quedado totalmente desfasado. ¿Quién tenía paciencia a estas alturas para hombres educados y fríos en ambientes elegantes? También tenía que resultarle obvio a Olivia, que no llegaba a los treinta. Y aun así tampoco me extrañaba, porque había algo en la genialidad de Nathan que yo también codiciaba. Era tan convincente porque su fe, como la de Romi, iba más allá de cualquier posibilidad de crisis. Su conocimiento y sus instintos eran perfectamente congruentes. ¿Era él el auténtico genio y todas las ideas a las que tanto nos había costado llegar sobre la genialidad de las mujeres eran solo insustanciales y temporales?, ¿o se trata de simple apariencia de genialidad más que de realidad? ¿Había caído en una trampa o estaba descubriendo una verdad más profunda y antigua que cualquiera de las ideas que había defendido con entusiasmo? Cuánto costaba creer que Nathan estuviese hecho de falsedades convincentes, cuando su manera de ser parecía tan natural.

Le había oído decir más de una vez que su excelente gusto se basaba en su habilidad para distinguir las versiones más obvias y, aun así, mejores de las cosas. En el fondo le gustaba lo mismo que a todo el mundo, la diferencia parecía estar en que él conseguía lo que quería: las mujeres más bellas, los trabajos más codiciados, abrigos de lana de lujo, reuniones lucrativas, invitaciones poco habituales. Era un árbitro de la realidad y el valor. ¿Y acaso Olivia no había esperado siempre ser utilizada como él había intuido, si no se la descartaba?, ¿no era eso lo que su cuerpo le decía que merecía cada mañana, cuando se topaba con un nuevo sarpullido que ninguna crema lograría mejorar, cuando la empujaban en el metro los demás pasajeros? ¿Y yo?, ¿no había esperado siempre ser adorada? Había intentado convencerme de que no porque creerse especial era feo, y me aterraba la fealdad.

Eres muy buena para follar, me llegó la voz de Nathan, con su mano ardiendo en mi cintura. Abrí los ojos. Olivia se había ido.

La primera vez que te penetré, dijo, ¿te acuerdas de lo bien que estuvo? Recuerdo que pensé en una frase de James Salter, una frase sobre meter la polla… *Como una barra de hierro en el agua.* Así de contundente.

Sentí alivio y excitación, el enorme placer revelador de estar a solas con él, al menos un momento. O mejor dicho: a solas con la inmensidad de su atención. De repente tenía una fe irrefutable en la decadencia de mi cuerpo, en el don de mi presencia tal como había caído en el regazo de Nathan.

¿Por qué pegas a Olivia?, le pregunté.

¿De veras eres tan burguesa? A ella le gusta.

Ya veo que le gusta, pero ¿y a ti?

Yo soy muy simple. Me gusta intuir lo que le gusta a la gente. No me interesa hacerle daño a nadie.

Pero debes de hacérselo. Debes de hacerle daño a los demás. Quiero decir que sé que tú y Olivia os tiráis a muchas personas, y estoy segura de que no las llamáis a todas después.

Bueno, visto así, asintió, es verdad que paso rápido de una cosa a la otra, y a lo mejor hay gente para la que eso supone un problema. Pero nunca he hecho sufrir a nadie de manera intencionada.

Me mordí las cutículas, incapaz de mirarlo a los ojos.

La mayoría de la gente con quien quedo es un tanto decepcionante. Eso no quiere decir que no sea divertido la primera vez, siempre lo es. Pero suele haber algún motivo para no seguir. Hace poco Olivia y yo nos acostamos con una chica y no funcionó: quería hablarlo todo de antemano, quería saber cuál era nuestra palabra de seguridad, qué estábamos dispuestos a hacer y qué no. Dijo: *Debéis de estar muy acostumbrados a esto, seguro que lo hacéis todo el tiempo.* Y yo le seguí la corriente, claro. Pero Olivia estaba tan incómoda que tuvo que salir de la habitación. Para mí no era una sorpresa. Yo lo acepté; no hacerlo es demasiado peligroso. Pero le dije: *No, no somos así. No tenemos una palabra de seguridad.* Estropeó el sexo por completo. Cuando sabes desde el principio qué está permitido y qué no, cuando la persona dice qué quiere, ¿qué margen queda para averiguar lo que va a pasar, o para que alguien *descubra* que quiere algo que desconocía? Para que el sexo acabe revelando algo…

Se me ocurrió que a lo mejor seguían quedando conmigo no porque fuese un gran polvo, sino porque no daba problemas.

¿Qué sucede cuando quedáis con otras chicas?, pregunté. No me refiero a historias como la de la palabra de seguridad, sino… ¿qué creen que hay entre vosotros dos?

Lo mismo que tú al principio. Acuérdate. Primero quieren asegurarse de que no hay ningún problema, quieren comprobar que es seguro. Después quieren saber cuál es la dinámica. Qué tipo de sexo nos gusta.

¿Y cómo se lo explicáis?

Yo no digo nada. Acaban imaginando que Olivia está obsesionada conmigo.

Ya sé que es una tontería, pero al principio creí que no lo sabías. O que no querías saberlo.

Nathan soltó una breve carcajada alegre.

¿Dónde está Olivia?, pregunté.

Está cansada. Ahora iré a verla.

Ah, ¿para follártela hasta que se duerma? ¿Puedes explicarme qué significa eso?

¿Quieres saber cómo me la follo cuando estamos solos? Movió la mano desde mi vientre, donde reposaba ociosa, hasta mi muslo. Antes de dormirse le gusta que me la folle por detrás. Lento, profundo.

Su mano se deslizó entre mis piernas, las yemas de sus dedos me presionaron por dentro. Sentí que mi cuerpo se volvía hacia él.

Le gusta que la penetre muy hondo, muy despacio, repitió. Y cuando empieza a correrse, hay un latido titubeante en sus músculos, primero irregular, casi desesperado. Y luego, cuando por fin se corre, estalla una gran tensión: todo su cuerpo se constriñe al máximo, su coño se constriñe al máximo.

Nathan empezó a subírseme encima, con la mano aún en mi interior. Dejé caer las piernas abiertas.

Cuando tú te corres, es distinto. Ese mismo latido titubeante al principio, muy irregular. Pero luego, cuando ocurre, el ritmo es uniforme, tu coño se abre y se cierra muy rápido, como…

Tenía la polla de Nathan contra mí. Retiró la mano. Sentí cómo entraba la punta medio dura, la inclinación involuntaria…

Nathan, dije, ¿no deberías ir a ver a Olivia?

Él me miró. Sí, dijo. Gracias.

Mientras desaparecía por el pasillo, me quedé echada bajo la luz tenue mirando alrededor. La habitación apenas estaba decorada, como un cuarto extra en una casa en las afueras: mesitas de noche con una lámpara a cada lado de la cama, una de ellas bien provista con un despertador y un tubo de crema hidratante, la otra únicamente con el reloj de Nathan. Había una pequeña cómoda con un televisor. Una puerta a la izquierda daba al baño privado. Fui a explorar. Vi botes de gel en la ducha y unos cuantos productos especiales para pelo rizado que supuse pertenecerían a Olivia. Contemplé mi sombra en el espejo del baño, iluminada por una pizca de luz azulada del dormitorio. Mi cuerpo resultaba extraño en aquel apartamento tan amplio y poco iluminado. Anónimo, arquetípico.

Pensé en Olivia: sin duda se encontraba más cómoda en esta casa que yo, y aun así me preocupaba por ella constantemente. En el fondo creía que ella había caído en un engaño muy bueno. Era bueno porque en parte era real. A Nathan sí le importaba; era atento, serio, electrizante en la cama; su inteligencia respetaba la de ella. Aunque a él su seguridad lo convertía en una criatura distinta, en otros aspectos procedían del mismo mundo. Habían ido juntos a la universidad, tenían buenos sueldos, habían viajado. Sin embargo, Nathan era un jugador, un inventor de juegos. Hacía que Olivia creyera que la vida podía consistir únicamente en juegos interesantes y sofisticados. Y de alguna manera yo sabía que era un engaño, que ese estilo de vida no era para personas como Olivia y yo. Ni siquiera para ella, con sus faldas y sus sujetadores de satén.

Nathan volvió a entrar en la habitación y sonrió al verme desnuda, recorriendo con los dedos el armario del baño.

Me parece que mejor lo dejamos para la próxima, dijo.

¿Olivia está bien?

Sí, respondió. Solo está cansada. Necesita un poco de tranquilidad.

Mi preocupación por ella quedó rápidamente eclipsada por la decepción de ser descartada esa noche. ¿Qué habían estado susurrándose al oído todo el rato? ¿De qué habían hablado en la otra habitación?

Me aterrorizaba pensar en ellos dos juntos, diciendo cosas de mí, o sin pensar en absoluto en mí. Era una sensación febril, como correr hacia una puerta que seguía cerrándose cada vez que me acercaba.

5

Una atmósfera cruel y glacial cayó sobre la ciudad. Durante la mayor parte del invierno Nathan buscó noches a solas conmigo.

Pásalo bien con Nathan, escribió Olivia en un mensaje.

¿seguro que te parece bien?

Por supuesto.

A menudo íbamos a hoteles. Estoy haciendo obras en el apartamento, decía a modo de disculpa. Ah, me encanta el Standard, decía yo… Me encanta el Gansevoort.

Me preguntaba si elegía verme a solas para no someter a Olivia a la incomodidad que pudiera sentir en mi presencia, o quizá lo hacía para distraerme de la falta de interés de ella. Pero también era probable que simplemente fuese su antojo. Esas noches eran ensayos de un tipo de intimidad que nunca había experimentado fuera de aventuras románticas reconocidas como tal. Antes de salir para quedar con él me pasaba horas en el baño, depilándome e hidratándome las piernas y el coño, quitándome pelos de pezones y cejas, untándome crema en la piel escamosa entre los dedos de los pies. Elegía ropa diseñada para transmitir que no estaba demasiado disponible —jerséis de cuello alto, pantalones muy anchos, botas recias— y todos mis anillos. Nathan me esperaba en el vestíbulo del hotel y me llevaba al bar. Entre copas, me contaba cómo progresaban sus proyectos de trabajo: un informe que estaba preparando sobre los valores previstos para unos cuantos artistas contemporáneos, una disputa entre dos hermanos por las condiciones de su herencia. Me sorprendió descubrir que no me aburría. Sospechaba que ganaba bastante más dinero que mi padre, parecía evidente que había crecido siendo rico. Había ido a clase con uno de los chicos de la familia para la que trabajaba, en el colegio privado Phillips Exeter. La cantidad de dinero que tenía y manejaba, a diferencia del dinero con el que había crecido yo, desprendía glamour por el mero hecho de ir acompañada de cierto grado de buen gusto. Sabía que eso debería repugnarme, pero me atraía como nunca antes me había atraído lo que quiera que albergaran aquellas casas blancas de mi pueblo natal que casi parecían mansiones, con sus árboles podados y sus entradas circulares.

Evité contarle demasiado de mi vida. No hacía falta mentir: me gustaba eludir preguntas y a él que las eludiera, por lo menos al principio. Mientras pude evitarlo, nunca mencioné a mi padre ni a Romi. El trabajo era un tema aceptable. A veces, Nathan quería saber qué había estudiado o adónde iba con mis amigos los fines de semana. Siempre preguntaba por Fatima, de quien yo le había hablado en uno de nuestros primeros encuentros, y respondía a mis comentarios de manera afectuosa. *Qué bien*, decía con una calurosa sonrisa, *me gusta*, como si hubiera algo peculiar y placentero en la simplicidad de nuestras vidas. Las cosas que le contaba eran corrientes: las series que Fatima y yo veíamos juntas, las comidas que compartíamos, la cita con el dentista a la que la había acompañado el sábado por la mañana. *Qué bien, me gusta*, decía. Confería una gracia especial a mi vida al reconocer que estaba hecha de algún material que él solo conocía a través de mi relato. Yo sentía que pertenecía a una tribu de mujeres gracias a la incansable intimidad diaria que existía entre Fatima y yo. Ya no se trataba solo de mi vida menor y femenina.

Después, cuando salíamos del bar y nos dirigíamos al ascensor, me hacía un cumplido que no parecía dispuesto a hacer en un entorno más formal. *Quería decirte lo guapa que estás. Me gustas más de lo que quiero admitir.* Ese nuevo rasgo de timidez me resultaba entrañable. Le salió bien fingir la simpática falta de elegancia que suponía una confesión en la segunda o tercera cita. Era en esos momentos cuando el rostro de Romi cruzaba mi mente como un relámpago, una cara sincera que me había dedicado cumplidos semejantes durante nuestros primeros meses juntas. Nunca mentí de manera explícita acerca de dónde estaba las noches en que veía a Nathan, y Romi nunca preguntaba por mis planes. Nos gustaba vivir por separado y estábamos acostumbradas a pasar solas tres o cuatro noches a la semana. Pero en ocasiones, cuando estaba fuera, le enviaba un mensaje cariñoso desde el cuarto de baño, como si estuviera en mi propia casa echándola de menos.

En la primera de esas citas a solas, Nathan reservó una habitación de hotel obscenamente suntuosa, de esas en las que nunca me había alojado; un tipo de lujo tan fuera de mi alcance, aunque sus contornos me resultaran familiares, que pude disfrutarlo sin involucrarme. Tres habitaciones, una detrás de otra, que abarcaban toda una esquina del hotel, embellecidas con cristaleras del suelo al techo que se abrían a una plataforma moteada de nieve. El río aguardaba más allá de dos carreteras con hileras de camiones cubiertos de nieve. En el centro de la habitación había una bañera. Frente a la plataforma había un sofá en el que pasábamos el rato, incongruentemente, bebiendo cerveza barata, un gusto que compartíamos Nathan y yo.

¿Qué te parecería que te hiciera una foto?, me preguntó. ¿Te gustaría?

¿Les pides eso a muchas chicas?

No.

¿No? ¿Nunca le has pedido a nadie hacerle una foto?

Últimamente no, dijo sonriendo. A veces. Pero hace años. Es que he pensado que te gustaría. Tú publicaste esas fotos tuyas, ¿no?

Me pareció que ninguna foto que pudiera hacerme Nathan tendría nada que ver con las que yo me había hecho.

Sí, dije. Pero ¿por qué quieres hacer fotos ahora?

Te gustará. Eres muy vanidosa.

Cuando tenía doce años, la pregunta central que preocupaba a todas las chicas del campamento al que iba era si, en caso de poder elegir, nos cambiaríamos la cara o el cuerpo. Eso era antes de que la mayoría de nosotras tuviera una noción real del aspecto que acabaríamos teniendo, aunque, por supuesto, ya éramos conscientes de la imagen que dábamos, con todo el dolor que eso implicaba. La más bonita de todas nosotras, una rubia que ya había imaginado una versión de su figura, con los ojos muy grandes y una boca que la hacía parecer inocente y buena, aseguró que cambiaría su cuerpo. Estábamos sentadas formando un corro en la cabaña y hablábamos por turnos: la mayoría de las chicas afirmaron que de buena gana cambiarían su cuerpo. No es que estuviéramos completamente satisfechas con nuestros rostros, sino que creíamos que cambiar de cara nos haría irreconocibles, alteraría nuestra personalidad. Nos convertiríamos en chicas crueles, huérfanas y hermosas que atraeríamos el amor de desconocidos, pero seríamos extrañas para las personas que nos querían, a quienes, durante ese ejercicio, nos habíamos dado cuenta de que no queríamos perder. (Era bueno que nos quisieran: demostraba que había algo más importante que nuestro rostro y nuestro cuerpo). Por otro lado, tener cuerpos más bellos solo nos haría más encantadoras, más dignas de amor durante más tiempo, más fáciles de vestir, con menos vergüenza.

Cuando llegó mi turno en el círculo afirmé que yo no cambiaría ninguna de las dos cosas. No quería corromperme ni confundirme adoptando otra forma. Además, tenía suerte: aunque todavía tenía aspecto de niña, era delgada y ágil. Por entonces no era vanidosa, pero, más tarde, el recuerdo de lo que sentí entonces —una especie de complacencia, la creencia de que me demostraría a mí misma que podía ser una persona querible— hizo que me preguntara si mi vanidad no había surgido de mi cuerpo por el simple hecho de haber encontrado ahí su hogar natural, porque es en el cuerpo donde se aloja la vanidad. Y el mío era de esos que suelen aplaudirse: blanco y largo, en cierto modo mojigato en su voluptuosidad.

Mi rechazo a participar exasperó a las otras chicas del campamento. Hablaban entre ellas con suspiros y lenguas viperinas, ya que al fingir que eludía la pregunta las había hecho quedar atadas a la belleza justo como no querían estarlo: por elección. Yo siempre tendía a alterar las reglas de los juegos, no para innovar sino sencillamente por armar follón. Lo que estábamos admitiendo en aquella cabaña era delicado, significaba que lamentábamos cosas de nosotras mismas. ¿Por qué tenía que recordarles que había algo superficial en ello, una trivialidad a la que le ofrecíamos el poder de nuestras voces susurrantes reunidas alrededor de una linterna? Tampoco es que no lo supiéramos. Sabíamos que aquello que nos importaba tanto, aquello que se nos animaba a que nos importara y a la vez rechazáramos de manera rotunda, era, al fin y al cabo, una distracción nimia, el origen de nuestra feminidad obstaculizada y derrotista, así como de nuestra capacidad de ser queridas. Esas conversaciones en la cabaña eran tiempo robado, en pleno verano, juntas y solas, sin adultos reales cerca, sin deberes que hacer, en medio del zumbido de las cigarras, el jugoso olor a hierba y los umbrales húmedos de cada mañana y cada atardecer. Tiempo robado en el que podíamos hablar de lo que había en juego. Y yo fui y les dije: *Qué ridículo imaginar que se puede cambiar de aspecto, ser tan susceptible a la belleza y a las circunstancias que quieras hacer algo así.*

Para cuando me enamoré de Romi me sentía tremendamente responsable de mi cuerpo, culpable y altanera. Era doloroso saber que poseería algo de tan inigualable valor solo durante un breve periodo de años. Sentía el avance del tiempo casi como una presión física. Las noches que pasaba en casa a solas con mi cuerpo, leyendo o viendo la televisión, padecía de una especie de inutilidad cívica. Quería abrirme camino en habitaciones donde la gente mirara mi cuerpo y dijese: *Ya veo lo que tienes. Sé qué hacer con ello.*

En cierto modo no llegué a ser yo misma hasta que me desvestí en el salón de Nathan. Cuando estaba desnuda pensaba: *Esa es la chica que me gusta.*

La vanidad es un pecado tan grande en las mujeres, algo tan obvio y grotescamente vergonzoso, que cuando la gente admiraba mi cuerpo solía expresarlo en un tono que implicaba que el mero hecho de reconocerlo, en cualquier contexto aparte del poscoito más tierno, era banal y degradante. Hasta los amantes más audaces me lo decían como anticipando que no les haría caso entre una nube de vergüenza. Pero Nathan no.

Cuando él me hablaba solía sentir alivio y miedo a la vez. Durante años me había salido con la mía alimentando mi vanidad y disfrazándola de una especie de noble amor propio, convencida de que era mi propia madurez la que me llevaba a dar las gracias cuando me hacían un cumplido en lugar de decir *vale, déjalo*. Pero con Nathan no hice el menor esfuerzo por disfrazarme de chica adorable. No necesitaba fingir ser modesta; para él yo era lo que sabía que era, el cuerpo que amaba centímetro a centímetro, el cuerpo que no podía reconocer ante ninguna mujer. Incluso así, me sonrojaba y me preguntaba si debía rechazarlo.

Venga, basta ya, dijo Nathan. Me encanta que seas vanidosa. Es muy sexy.

Fue exquisito ser descubierta. En compañía de Nathan todo parecía absurdo y, como él decía, burgués: mis miedos a la inmoralidad y el narcisismo.

Me desnudó delante del gran ventanal. En la habitación del hotel la temperatura era agradable. Olí un rastro de vetiver o de algún aroma a bosque fresco de la tapicería. Debajo del jersey de cuello alto llevaba un conjunto de ropa interior negro que había seleccionado cuidadosamente. Mientras yo estaba de pie ante las ventanas, él me contemplaba desde abajo entre murmullos de placer, guiándome, pidiéndome que separara las piernas, que arqueara la espalda. Era tan terriblemente grato como solo lo había sido el momento anterior a que me penetrara por primera vez. Ahí estaba el cuerpo que yo conocía en privado, el cuerpo que escondía a las mujeres. ¿Acaso me había equivocado por completo? ¿Era esto para lo que estaba hecho mi cuerpo —pese a todo lo que yo había pensado y creído—, para los deseos rutinarios e insistentes de los hombres?

Qué fácil era. Mi padre se equivocaba otra vez. *Es más fácil estar con mujeres. ¡Ya lo creo! Sé lo que me digo.* Pero ¿qué podía ser más fácil que esto: ser valiosa en unos términos que yo experimentaba de una manera tan profunda que a veces podía convencerme de que eran lo único que valía?

Esa noche Nathan fue menos agresivo de lo habitual. En momentos inesperados se vio impotente y trató a su polla con exasperación bondadosa. Eso no pareció afectar a su seguridad ni al rayo de su atención. A veces hasta me parecía que se había olvidado del sexo, de tan ensimismado como estaba en el estudio atento de mi cuerpo. Tenía mucho que decir de mi clítoris (pequeño), mis caderas (excelentes), mis pezones (muy grandes), el vello que dejaba crecer en mis axilas (agradable). Descubrí que me encantaba ese catálogo. Sus juicios me asignaban una importancia que no podía conferirme yo misma.

¿Sabes que eres más hermosa que otras mujeres?, me preguntó. Tenía la mandíbula apoyada en una mano. Me he acostado con cientos de mujeres, dijo, y sin duda eres una de las más deslumbrantes. Aunque es difícil adivinarlo, por tu manera de vestir.

Claro, dije.

En serio, insistió. ¿Sabes que eres especialmente hermosa?

Solo sonreí. Le gustaba provocarme. Le gustaba aún más forzarme a que admitiera esa vanidad que confirmaba sus certezas. Cuando estaba con Nathan me veía empujada por él hacia una especie de crudeza, un estado de sinceridad grotesca en la que yo tenía acceso sin restricciones no al conocimiento que había buscado e interiorizado, sino a las creencias que me habían sido inculcadas contra mi voluntad.

Funcionaba así: primero me desconcertaba con sus observaciones desinteresadas y francas. Decía algo como: a Olivia no le va mal para como es, ¿no? Porque no es demasiado guapa, aparte del pelo. Tiene un cuerpo muy recto. Como de niño. Y es tan pálida. No como tú. Tú eres rusa, ¿verdad?

Sí, dije, allí, en la habitación de hotel. Los padres de mi madre eran rusos.

Claro, por eso eres tan guapa, porque eres rusa. Tienes la mejor clase de cuerpo: el cuerpo perfecto.

No existe tal cosa.

Eso no es lo que piensas. ¿Cambiarías tu cuerpo por el de Olivia? ¿O por el de tu compañera de piso?

No. Es mío.

No es cierto. No es porque sea tuyo, sino porque es superior. Cuando eras adolescente, ¿no envidiabas los cuerpos de mujeres esbeltas con pechos grandes, caderas exuberantes y piernas largas?

Sí, admití, recordando mis interminables años preadolescentes y la vehemencia con que había esperado convertirme en ese tipo de mujer.

¿Y te gusta estar con mujeres que tienen un cuerpo tan hermoso como el tuyo?

Pensé en Olivia. Nuestras figuras eran distintas, pero compartían una cualidad crucial que desbocaba mi deseo por ella. Era escultural en conjunto, firme, serena, sutilmente musculosa, mientras que yo quería verme como una escultura observada por un interlocutor completamente humano. Mis fantasías sobre Olivia se centraban en los secretos que guardaba, su realidad emocional, el viaje que había emprendido en su vida. Los contornos secretos de todo eso se volvían más tentadores con la reivindicación que hacía Nathan de ella.

Bueno, dime, ¿con qué tipo de chicas sueles quedar? ¿Por qué no hablamos de ellas?

Con distintos tipos. Tampoco les pongo etiquetas.

Tienes novia, ¿no? ¿Novio? Es una chica, ¿verdad? Por eso siempre te sientes tan culpable cuando nos ves.

No me siento culpable al veros.

¿No? ¿No te parece que te tiene un poco angustiada todo el asunto?

Angustiada por Olivia, querrás decir.

No creo que sea eso. Piensas que hay algo retorcido en acostarte con nosotros. Y en parte, por eso te gusta tanto. Vamos, suéltalo. Tienes novia, ¿no? ¿Cómo se llama?

Sí, dije sonriendo.

Sentía cómo se centraba su atención, y bajo su microscopio mis propias expresiones empezaron a resultarme sutiles y fascinantes.

¿Y cómo se llama?

Romi.

El nombre parecía guardar poca relación con ella: no evocaba su aspecto, su voz, la visión de su espalda al cerrar una puerta.

Romi, repitió. ¿Y se parece a ti?

No.

Y te gusta sentirte superior a ella, ¿verdad? ¿No te sientes segura en cierto modo, porque eres más guapa que ella?

Volví a sonreír, era agradable confesar la verdad a alguien a quien le gustaba por ello. La verdad lo haría reír a gusto. Sí, acabé diciendo.

Ahí está esa vanidad que me gusta, esa es mi chica.

Romi es guapa, le dije, como si insistiendo en ello pudiera redimirme, solo que no es tu tipo.

Nathan sonrió con indulgencia.

Las chicas con las que yo había salido eran buenas personas con principios. *No creo en las jerarquías*, me respondían cuando les preguntaba si yo era más guapa o más fea que sus ex. *Serás igual de guapa a los ochenta*, cuando admitía que temía la pérdida de mi lozana juventud. *Es cierto que has tenido un montón de privilegios*, cuando yo misma me vapuleaba por no haber conseguido más en la vida. Decían lo que yo creía y sabía que era verdad, pero no tenían en cuenta nuestra realidad: que las mujeres solo tenían valor hasta que sus cuerpos caducaban, que las mujeres que solo se entregaban a otras mujeres renunciaban por completo a ese valor. Era un alivio oír a Nathan reconocerlo de manera tan candorosa. Estaba cansada de fingir lo contrario.

Ahora, oír lo que sabía que estaba mal era como un sedante, aunque de ser cierto solo significaría que yo era una elegida. Que yo debería ser especial —momentánea y, aun así, espectacularmente especial— porque había ido a parar a un cuerpo como este. Veía en mi vida real lo que eso suponía para mujeres que se apartaban un centímetro del ideal, y sentía una impotencia tan grande que hasta podía saborear la idea de convertirme en persona mayor, solo un hogar para la mente. Pero con Nathan vislumbraba lo fácil que sería relajarse sin más con ese logro caído del cielo, como si estuviera diciéndome: *¿Es que no ves que naciste con algo que ha sido siempre muy valioso?, ¿que serías una tonta si lo rechazaras?*

Al cabo de unas horas, Nathan preparó la bañera y se metió conmigo sin pensar.

¿Por qué prefieres el sexo en grupo?, le pregunté.

Tú siempre con tus preguntas.

¿Qué es lo que no quieres contarme?

A veces funciona de verdad, dijo. El sexo en grupo.

En nuestro caso no.

Sé a qué te refieres, admitió. A Liv le cuesta meterse de lleno. Bueno, es habitual en las experiencias en grupo. La mayoría de las veces es como una fiesta de cumpleaños más que sexo de verdad. Eso es lo que es para la gente: un gran acontecimiento, una buena anécdota. Algo que contar. Pocas veces se implican.

Nathan y yo estábamos sentados uno al lado del otro de un modo que parecía despreocupado por su parte, con las rodillas pegadas al pecho y rozándonos las pantorrillas. Notaba cómo mis piernas tocaban las suyas y me daba vergüenza, como si fuera obvio que mi cuerpo lo deseaba.

¿Por qué no participa Olivia?, pregunté. ¿Hay algo que le asuste? ¿No le atraigo?

Una vez me acosté con dos chicas y fue perfecto... Fue justo después de la universidad. Estaba de viaje. Una de ellas era una amiga que conocía de la facultad, me alojé en su casa de Marsella. Era francesa, su amiga era de otro sitio, no me acuerdo. La de la casa llevaba días intentando follar conmigo, todo el tiempo que estuve allí en realidad. Yo no le gustaba a su amiga, pero quería hacer un trío, así que al final pasó. Me follé a la chica que conocía; estuvo bien, ya sabes, era maja. Pero no me interesaba mucho. Su amiga nos miraba, y daba la impresión de que no le gustaba nada lo que veía. Era extraño, la verdad, un poco hostil. Pero después las dos empezaron a besarse y la que yo conocía intentó convencer a la otra para que se uniera a nosotros. Y aunque había estado muy rara todo el tiempo, no se lo pensó dos veces. Se tumbó a follar conmigo como si nada. Fue extraño, no lograba entender lo que quería, así que le pregunté si quería que me la follara y me contestó que sí. Cuando la toqué, resultó que estaba empapada y se corrió al instante. Eso es meterse de lleno. Ella creía que solo estaba viendo follar a su amiga, que se trataba de una chorrada: ir a una fiesta de cumpleaños. Pero luego se lanzó de cabeza. De verdad.

No sé si esto de lo que hablas no serán celos sin más, dije. Yo me corrí la primera vez que me follaste.

Sí.

Y, por supuesto, estaba celosa de Olivia.

Olivia está celosa, celosísima de ti, pero lo disfruta. Para ella es un placer intenso sentir celos. Un poco como la amiga de Marsella. Aunque no creo que tú estés realmente celosa de nadie. Eres demasiado vanidosa para eso. Pero te gusta tener pruebas. Pruebas del deseo, del sexo, del placer. En parte es por eso por lo que pensé que te gustaría que te hicieses fotos.

Me froté los dedos en el agua.

Es una lástima que Olivia sea tan posesiva con mi semen, prosiguió. No le gusta ver que se lo doy a otras personas. Pero te encantaría, seguro que sí. Que me corriera dentro de ti.

Insistió en que me quedara. Desayuna conmigo, me dijo mientras se oía el murmullo del agua al quitar el tapón de la bañera. Por favor, el desayuno es excelente.

¿Sueles hacer esto?, pregunté. ¿Pedir a las chicas que se queden?

No, pero tú hueles muy bien, dijo con picardía.

Cuando se quedó dormido me pregunté cómo era posible que se tratara de la misma persona con la que antes me había sentido tan cómoda. Había hecho de mi cuerpo un recipiente perfecto. En cambio, el cuerpo de Nathan mientras dormía era extraño y ligeramente sórdido. Observé sus hombros, la aparente gravedad de su sueño en esa misteriosa habitación de hotel. Pensé en el cabello de Olivia soltándose de sus eternas trenzas. ¿Cómo había conseguido Nathan hacerme sentir tan afortunada como para ofrecerle sexo, convencerme de que podía satisfacer sus necesidades?

Por la mañana nos dimos una agradable ducha juntos, casi platónica, hablando del día que teníamos por delante y de lo que en realidad preferiríamos hacer. Nathan se iría a trabajar; estaban contratando a gente y era frustrante porque los candidatos le daban risa. Odio a casi todo el mundo, dijo a través de las manos mientras se enjabonaba la cara. Contratar personal, asistir a recepciones… es como si estuviera en una fiesta con la gente que en el instituto quería salir conmigo pero no podía. Aún siguen intentando meter un pie.

Contrátame a mí, dije.

Ah, ¿ya no quieres ser camarera? ¿Tienes grandes planes?

Para nada. No me hagas caso. No tengo absolutamente ningún plan.

Nathan sonrió burlón. ¿Vas a pasarte la vida haciendo café?

Sí. No seas gilipollas.

No, en serio, ¿qué tienes entre manos? ¿Eres heredera de una gran fortuna o algo así? Llevas una ropa horrible y tienes un trabajo lamentable, pero nos sigues la corriente, no parece que te descoloque especialmente… Nathan hizo un gesto hacia la habitación y me salpicó de agua con las manos.

¿Y otra gente se queda descolocada?

Obviamente, dijo frotándose el pelo con champú. La mayoría de la gente que conozco online no está acostumbrada a esto. Las cosas son un poco más fáciles contigo.

Eso me dolió: mi idea de identidad estaba vinculada a la creencia de que el privilegio de Nathan superaba el mío de lejos, y al mismo tiempo descubría que me reconfortaba que no fuese el tipo de hombre que disfrutaba intimidando a las mujeres con muestras de riqueza. No me había percatado de que él prefería que el dinero no estuviera presente. Eso era imposible, por supuesto, pero él había notado que a veces el dinero no existía entre nosotros solo porque yo ya estaba familiarizada con él. El caso es que me gustaba un poco más por el hecho de no regodearse en sus recursos desmesurados.

En realidad soy una princesa de incógnito, dije mientras me aclaraba el cuerpo. Europea. Con armarios llenos de vestidos de noche, tiaras, todo el pack. Pero me avergüenzo de ello. No se lo cuentes a nadie.

Nathan se rio. ¿Y qué haces hoy?

Le conté que tenía la mañana libre. Iría a comprar comida y luego a casa, me pondría a pensar en cómo había sido estar contra esos ventanales del hotel. Me masturbaría pensando en lo que le haría.

¿Cómo que lo que harías conmigo?, preguntó. Me pasó una toalla. No hay nada que hacer. Te masturbarás mientras piensas radiante en mí.

Ya, ¿y qué pasa con Olivia?, insistí. ¿Por qué se pone tan nerviosa conmigo cerca? Nunca follamos. Es como si fuésemos planetas obedientes atrapados en la misma pequeña órbita a tu alrededor.

No tiene nada que ver contigo, dijo Nathan. Es solo que es muy tímida. Es muy leal. Tú todavía eres una extraña para ella.

Intenté distinguir mis ideas de las de Nathan mientras me vestía delante del ventanal. Todo iba en contra de que Olivia y yo nos descubriéramos, no solo por la influencia de Nathan sino también por nuestros paradigmas sexuales, del todo corruptos: nos habían hecho creer que la belleza era sospechosa, la vanidad un pecado, el deseo era depredador. Creíamos que éramos más atractivas cuando nos mostrábamos tímidas y sumisas entre nosotras.

Vive en Brooklyn, cerca de la cafetería, ¿verdad? ¿Cómo es su casa?

Sí, dijo mientras se abotonaba la camisa. Vive en un apartamento en un sótano de mierda. Por extraño que parezca, es tacaña. Pero lo tiene para ella sola. Y estudio propio.

Es verdad, su estudio. ¿Y qué clase de pintora es?

Ah, es una artista que gusta a los artistas, dijo enderezándose el cuello de la camisa en el espejo. Es fundamentalmente una pintora de verdad, nada más. No es una persona política ni intelectual. Solo pintora.

Pero ¿qué tipo de arte hace?

Uno muy bueno, dijo. A mí me encanta.

¿Y qué hace el resto del tiempo?

Tiene amigos. Bueno, no tantos. Sobre todo una exnovia, una bollera, Pam. Es muy simpática. Liv lee mucho. Hace el vago. Va al parque con Pam.

Me costaba creer que Olivia llevara una vida tan prosaica. Era demasiado esclava de Nathan. ¿Cómo podía soportar pasarse el fin de semana con un libro? Me la imaginaba atormentada por el deseo que sentía por él, nerviosa pensando en qué estaría haciendo él.

En el comedor del hotel, Nathan no saludó a la encargada ni a los camareros llamándolos por su nombre, pero noté que los conocía y que a ellos él no les desagradaba. En ningún momento faltaba a la cortesía. Probablemente daba propinas generosas, puede que incluso llamaran la atención. A su lado me permitía apropiarme un poco de ese privilegio. Por un rato era solo una mujer en un restaurante demasiado caro.

Vi cómo Nathan se zampaba el estupendo desayuno: huevos Benedict, un expreso, melón cantalupo y moras. Yo no tenía apetito. Una comida tan copiosa y colorida me parecía una recompensa por un viaje difícil, o cuando menos algo para disfrutar jovialmente en una atmósfera cómoda y amistosa. Mi relación con él no permitía una clase de comida así. Lo que ocurría entre nosotros no era ni relajado ni festivo; no invitaba a huevos Benedict ni fruta. Nathan comió deprisa, más pendiente de mí que del desayuno.

Yo solo fui capaz de tomar café y agua. Verlo comer me desconcertaba y me parecía entrañable. Me pregunté si él consideraba que lo que ocurría entre nosotros era relajado y festivo, o si simplemente no le importaba lo bastante para alterar su apetito.

Volví a casa en metro. Estaba bien estar sola y totalmente libre durante una hora. Nadie en el mundo sabía dónde estaba –temblando en la parada de Canal Street para coger el tren de la línea C dirección sur cuando estaban a punto de dar las once–, ni Fatima, ni Romi, ni mi padre, ni siquiera Nathan, que siempre pedía un taxi justo antes de que llegara la cuenta.

El mejor momento para ir en metro era a mediodía. Estaba medio vacío, y las pocas personas que había tenían el tipo de vida en la que estaban exentas de por lo menos unas cuantas reglas, ya fuese porque trabajaban en turnos de noche por un sueldo mínimo o porque disfrutaban de vidas ociosas en apartamentos opulentos. O tal vez seguían las normas pero habían salido de la oficina para acudir a una cita a mediodía con el dentista o a rescatar del colegio a un hijo enfermo, y experimentaban gratitud, me imaginaba, la suave imprevisibilidad del vagón de mediodía, el modo en que se convertía en un lugar atemporal, precipitándose a toda velocidad entre los espacios reales en que las personas se hacían mayores.

Enfrente de mí había una mujer de unos setenta años, con el pelo fino engominado pegado al cráneo y unos pendientes grandes de clip que le caían pesados del lóbulo. Su abrigo y sus zapatos eran elegantes. Se la veía tranquila, con las manos cruzadas sobre el regazo, y alternando la vista al azar por entre los anuncios que había encima de los asientos. A su derecha, un hombre con los ojos enrojecidos apretaba un maletín entre las rodillas. Unos adolescentes se bamboleaban en la otra punta del vagón, pasándose los móviles, como si el poco rato que iban a estar allí no mereciera sentarse. Automáticamente me imaginé a Nathan sentado y rodeado de todo ese plástico, su rostro familiar, indistinto –como lo vi el día que nos conocimos–, y el aspecto de uno de los hombres que había inventado las mismísimas normas que hacían que la gente tuviera que pasarse todo el día en la oficina.

¿Qué aspecto quería tener yo cuando viajara en metro a los cuarenta, a los setenta años? ¿Adónde querría ir? No a un apartamento como el que compartía con Fatima, que apestaba a ingenuidad; ni a uno como el de Romi; ni tampoco a uno como el de Nathan, con su tufillo a parodia. Quería tener acceso a los lujos de Nathan pero no que fuesen míos. No quería coger taxis a las diez de la mañana, sino volver en metro a casa después de pasar la noche en una habitación de hotel siempre nueva y vacía. Quería pasar noches en habitaciones de hotel aquí y allá hasta que me muriera. Y no en habitaciones de hotel en ciudades extranjeras, ni en habitaciones de paso donde dormir antes de ir a un sitio al que tenía que ir, ni habitaciones que tuviera que pagar o donde cualquiera pudiera localizarme. Serían habitaciones a unos kilómetros de donde vivía, reservadas por capricho, por deseo: lugares donde podría recordar que siempre habría nuevas habitaciones que encontrar.

Cuando me percaté de que eso era todo lo lejos que llegaba mi visión de futuro, me enderecé en el asiento de plástico y sentí por un momento el ominoso cosquilleo de la intuición: fuera lo que fuese lo que tenía, había una gran probabilidad de que lo estuviera desperdiciando. Mi pequeña porción de belleza, mi pequeña porción de inteligencia. Por otro lado, estaba convencida de que estaba bebiéndome hasta la última gota de esa única y valiosa botella, la del tiempo. ¿Y qué persona, una vez decidido dónde quería acabar, podía decir con sinceridad que estaba exprimiendo su porción de tiempo al máximo?

Cuando esa noche fui a casa de Romi me entregué a ella como siempre, pero no fue lo mismo. ¿Cómo viviría yo en sintonía con el deseo? Pensaba en lo que Nathan me había enseñado: que la única manera de fracasar, de follar mal, es saber lo que quieres y extraerlo de otro.

Romi siempre había follado de manera intuitiva; no con la audacia de Nathan, sino con tal grado de atención que aprendió a llevarme al orgasmo la primera noche que pasamos juntas, años atrás. ¿Había follado yo así alguna vez? ¿Con tanta devoción que me olvidara de mí misma?

Cuando me subí encima de Romi vi cómo se ondulaba su vientre al compás de su respiración. Lo que más le gustaba era la lengua. Era fácil de complacer, y yo me sentía mal porque a veces follaba con ella con más orgullo que atención. Parte de mí temía ser testigo de su profunda vulnerabilidad, desarmarla por completo. Es posible que me diera miedo que el poder que las dos disfrutábamos —el poder de Romi de destrozarme— perdiera su ímpetu. Durante años había logrado que se corriera con precisión rutinaria después de que terminara gran parte de nuestro sexo.

Ahora empecé poco a poco: mis labios en su vientre y a continuación en los muslos. Su cuerpo se hundía, alejándose de mí. Inspiraba y presionaba la pelvis contra la cama. Se rio —una risa breve y cohibida— y volvió a relajarse. Sus muslos eran resbaladizos. Sus caderas se sacudieron cuando besé sus labios vaginales. Sentía una intuición que me abandonaba cuando se apoderaban de mí las obligaciones y las buenas intenciones. Y luego, en cuanto sus caderas se alzaron por sorpresa y pasaron a exigir, mi atención empezó a moverse más rápido que yo. Romi levantó las rodillas, una a cada lado de mi cabeza, y entré en el espacio que había abierto.

Qué buena eres, oí que decía, con las palabras amortiguadas por sus piernas. Sonaba tímida y sincera. Una voz casi dolorosa en la que se notaba cierta reticencia: acortaba el final de las frases, solo un poco, o vacilaba brevemente a la mitad, como con frustración, algo que siempre era reacia a expresar. Cuando la miré en la creciente oscuridad, hasta la forma de su cuerpo me pareció pura. Cuando se movía, lo hacía con intención, sin dudas ni actuaciones superfluas. Portaba su feminidad como si cada una de sus partes tuviera un propósito que ella entendía a la perfección y que cumplía con esmero: sus caderas eran bastante estrechas, para no interponerse en su camino, los músculos del abdomen y las extremidades aprovechados al máximo. Trataba sus pechos con una especie de paciencia resignada, como aguardando el momento en que fueran a serle útiles. Su cuerpo hacía que el mero colchón, la pared desnuda, la habitación vacía con su moqueta beis, parecieran lógicos: ella era autosuficiente, no necesitaba comodidades.

Nos quedamos echadas a oscuras en la habitación, los ojos adaptándose, nuestros cuerpos, superficies de violeta y azul. Miré mi cuerpo. Era como una caricatura de la feminidad. ¿Para qué necesitaba todo eso: mis pechos, de los que estaba tan orgullosa, el útero, las anchas caderas, si mis músculos desatendidos eran estrechos y estaban en decadencia?

Romi me habló de sus colegas del hospital, de las victorias y los fracasos del día. Hablaba con una delicadeza lastimosa, como si se reprochara recordar los defectos de otro. No le caía bien todo el mundo, pero creía que debía hacer un esfuerzo o por lo menos no menospreciarlos. Mientras hablaba, yo olía el aroma de su champú dos en uno y pensaba en que no era posible tener todo lo que quería, no podía tener a Romi y a Nathan y a Olivia, todo lo mejor y todo lo peor, todos los placeres irredimibles del cuerpo y de la ciudad tal como hacía Nathan.

Pero, por otro lado, ¿por qué no? Quizá era solo otro pensamiento provinciano, como el miedo a la vanidad, que Nathan había despachado con tanta facilidad en la habitación del hotel.

Me imaginé a Olivia a unas seis o diez manzanas de distancia —una suposición sin fundamento—, con la ventana de su estudio en una habitación del sótano escrupulosamente limpia, el humo de las velas que ella encendería saliendo a través de la ventana resquebrajada.

¿Qué has hecho hoy?, me preguntó Romi.

Echarte de menos.

Ese invierno, la mayoría de las veces que Nathan me llamaba me encontraba esperando en un andén de metro. Fue así durante varios meses: noches con Romi que me hacían sentir llena, como si hubiera comido un plato que me había ganado con el sudor de mi frente en una casa con unos buenos cimientos, y luego la sorpresa de Nathan al teléfono, que aparecía para recogerme en un taxi o reunirse conmigo en una habitación de hotel. Su voz me ponía efervescente.

¿Por qué no puedes quedar conmigo esta noche?, me preguntaba. ¿Qué planes tienes? Invítame.

Mientras lo escuchaba, trenes que no esperaba entraban y salían rugiendo de la estación. Sabía que recorrería cualquier distancia que me pidiera, y aun así albergaba en mi mente un juego conmigo misma, un juego en el que creía que estaba fuera de su control. Podía jugar con lo que yo era a la sombra no de la virtud y el honor, sino de la pródiga indulgencia y el narcisismo de Nathan.

Puedo ir a bailar con tus amigas, decía. ¿Por qué no? Oye, en serio, me gustaría mucho verte esta noche. Me gustaría muchísimo… Bueno, dime algo.

Disfrutas cuando cancelo planes por ti, ¿no?

Mucho, sí. Mucho.

Cuando Fatima y yo nos mudamos al apartamento, unos años atrás, pegué al lado de la puerta, sobre el plato donde dejábamos las llaves, una cita escrita en un pedazo de papel pautado: *En cuanto me dé la gana, puedo abandonar la fiesta y saltar a la vida real.* Ese verano habíamos descubierto que ambas estábamos hartas de Nueva York, de su densidad y su seriedad, de la sensación de que ya era hora de hacer algo con nuestras vidas. Leíamos a Eve Babitz para fingir que siempre habría tiempo para eso más adelante. No era un tipo de sentimiento que pudiéramos sacar en una conversación y rara vez lo hablábamos, pero representaba algo que me rondaba a menudo, la idea de que estaba evitando cierta profundidad, cierta sinceridad o pasión, un drama más serio que las discusiones banales y los logros que sazonaban mi vida. En el momento en que intentaba expresar esas cosas, como intento hacer ahora, se volvían absurdas. Es difícil hablar de significado desde un punto de vista sincero sin el contexto de la religión o la educación. Ansiaba y temía lo que imaginaba que era la vida real. Oír a Eve Babitz describirlo, un frío invierno inglés, nada más. En ese aspecto, la vida en Nueva York era muy real.

En cuanto me dé la gana, puedo abandonar la fiesta y saltar a la vida real. ¿Por qué pensaba que lo que veía entre Nathan y Olivia era la vida real, cuando su mundo parecía tan refinado, sus casas tan prístinas, su ropa cara, sus comidas sin prisas? ¿Era algo que suponía porque envidiaba sus vidas?, ¿o veía destellos de una profundidad genuina en la manera en que se movían cuando estaban juntos, la excitación y la confianza de Olivia, la facilidad con que Nathan la atendía? Ellos dos eran la fiesta definitiva, y aun así me parecía que también tenían una vida real. La fiesta solo era el escenario; se escabullían por la casa, gastando bromas a los invitados, metiendo los dedos en los exquisitos postres de la cocina, riendo y follando en baños de mármol.

¿Qué crees que le pasará a Olivia?, me preguntó Fatima. Estábamos en casa, en el salón. Habíamos llegado a ese punto del invierno en que parecía que nunca abandonábamos el calor del hogar. Y a ti, ya que estamos, dijo mientras llenaba de agua el hervidor. ¿Crees que él es peligroso?

No en ese sentido.

¿En qué sentido?

No para mí. Para Olivia, no lo sé.

Sé que te preocupas por ella, por Olivia. Por cómo es realmente la relación para ella.

A veces.

El hecho de que él sea su jefe… ¿Y si algo fuera mal entre ellos? ¿Qué pasaría con su trabajo, con toda su carrera? Estaría jodida.

Oye, yo no tomaría las decisiones que ha tomado ella, Fati.

A lo mejor la tiene completamente atrapada. O la maltrata. Quién sabe.

Por si te sirve de algo, no lo creo. Sé que hay una posibilidad, pero ¿qué puedo hacer?

¿Crees que están enamorados? Fatima volvió al sofá y se sentó a mi lado. ¿Crees que se casará con ella?

No sería mala idea. Conocen a la misma gente, proceden del mismo mundo. En realidad, dije, dándome cuenta de ello mientras hablaba, ¿con quién iba a pasar su vida Nathan mejor que con Olivia, una chica tan dedicada que no le importa qué más hace, que puede que incluso eso le excite?

Probablemente las cosas terminen como siempre terminan, dijo Fatima cuando el agua terminó de hervir y hubo servido el té. Ya sabes: en la tragedia habitual.

Como siempre terminan, pensé, entre lágrimas y sollozos, ataques de ansiedad en el asiento trasero de un taxi, noches sin dormir. Olivia dejaría el trabajo. Para ella no sería raro. Era intensa en sus emociones, que se habrían desbordado debido al secretismo. Rompería platos y proferiría amenazas que no llevaría cabo.

¿No crees que la cosa acabará mal?, insistió Fatima, con los ojos clavados en mí. Tenía una mirada amplia y candorosa que parecía albergar generosidad además de complacencia.

Ella no iría por ahí, dije.

Era cierto. Sin embargo, a lo largo de todo ese invierno tuve pesadillas en las que yo estaba en un juicio. Cuando tomaban forma, Nathan y Olivia no estaban presentes; yo era a la vez testigo, acusado y acusación. Si me hubieran convocado para ejercer cualquiera de esos papeles no me habría sorprendido en absoluto, sabiendo desde las entrañas del instinto que me lo merecía.

SEGUNDA PARTE

INTERROGACIÓN

6

Una vez hice un trío, dijo Fatima. Y no quise volver a repetirlo. No es que saliera mal nada en concreto. Ni que esperase demasiado y me decepcionara. Sucedió de una manera muy imprevisible, hace tiempo, cuando tenía veinte o veintiún años. ¿Te acuerdas de aquel verano en que trabajé en ese sitio de *brunch* de North Fork? Era agotador y bastante desmoralizante. Como cualquier trabajo en hostelería. Y tampoco ganábamos mucho, ya que era solo de *brunch*. Pero teníamos las tardes libres y había tiempo para ir a la playa, un rato, normalmente. No sé muy bien cómo ocurrió: creo que fueron dos veces, o puede que una estuviera a punto de pasar y la segunda terminara pasando. Las que cerrábamos el restaurante, sobre las tres o las cuatro de la tarde, dos chicas y yo, bebíamos mientras limpiábamos y luego nos íbamos a poner el bañador en el lavabo o en la parte de atrás de mi coche. Ese verano tenía coche. Ellas querían que las llevara todo el tiempo. Lo que recuerdo que me sorprendió es que no empezamos besándonos. Me parece que yo había notado que había tensión entre nosotras, una especie de atracción, pero no pensé que fuera a pasar nada, y luego, cuando ocurrió, ni siquiera me di mucha cuenta de lo que estaba sucediendo hasta que ya estábamos en plena faena.

¿Cómo que no te diste cuenta?

No se me pasó por la cabeza que pudiéramos follar sin besarnos. ¿Es raro? Se encogió de hombros y me hizo un gesto para que le pasara un pitillo. Era el primer día de junio, ahí estaba la promesa del verano. Estábamos sentadas en los escalones de la entrada, con los brazos desnudos pálidos y febrilmente calientes.

Bueno, dije, ¿no te parece que a lo mejor no te lo esperabas porque no eras lesbiana? Le encendí un cigarrillo y se lo pasé.

Claro, claro, pero no es que no fuera lesbiana. Simplemente no lo estaba buscando.

Hice una mueca. El dobladillo del vestido de Fatima se movió con la brisa ligera. ¿Ah, sí? ¿Esa clase de lesbiana? ¿Como si la cosa no fuera contigo?

No pensaba en ello de esa manera. Solo me interesaba lo que me pasaba a mí. No estaba buscando nada concreto. Ni siquiera intentaba descubrir nada.

¿Y qué pasó?

Nada del otro mundo. Simplemente fue… muy poco parecido al sexo. ¿Se entiende? O fue sexo como te lo imaginas cuando te da un poco de miedo en el instituto, o cuando ves porno la primera vez. Creo que todas nos gustábamos, pero estábamos muy cohibidas. Me acuerdo de que una de las chicas sonaba un poco como yo cuando gemía, en plan… ya sabes, como ahogada. Y la otra sonaba completamente distinta a cualquier chica que haya oído. Exactamente como imaginarías que debe sonar una chica. Como la respiración entrecortada, susurrante, ascendiendo de manera exquisita. Todos los sonidos que hacía estaban sincronizados a la perfección con algo que estaba ocurriendo —que me tocaba, o yo la tocaba a ella, algo claramente físico— y aun así parecía muy natural. No se me pasó por la cabeza que pudiera estar fingiendo ni nada. Recuerdo que pensé: *Suena así, perfecto*. Tal vez sea una manera de pensar que se tiene cuando se es muy joven y por eso me comparaba con las demás, pero pensé que tenía que ver con el hecho de que fuéramos tres, y como no nos conocíamos demasiado, no acababa de haber conexión entre nosotras. Más bien nos estábamos enseñando: *Esta es una manera de hacerlo, esta es otra.*

Pues suena bien, dije. Comunitario.

Recuerdo que a una de ellas le gustó, era obvio. Al día siguiente, al salir del restaurante se nos quedó mirando como si fuera a pasar algo: nos tiraba de los tirantes del bañador, ese tipo de cosas, fingiendo que bromeaba. Creo que quizá tenga que ver con el sexo esporádico en mi caso, o lo que llamamos así, aunque aquello no pareció nada esporádico. Fue como algo muy importante entre nosotras y de lo que éramos muy conscientes las tres. Pero cuando digo esporádico me refiero a, ya sabes, fuera del amor. Nunca me ha gustado demasiado ese tipo de sexo. Tengo la impresión de estar pasando una prueba. Lo bueno que tiene a veces, o eso pensaba antes, es la sensación de estar haciéndolo bien, sentirte por un momento dueña de ti misma, sexy y sin complejos. Aunque ¿no te impide eso entregarte al sexo por el sexo sin más? No puedes abstraerte, no puedes correrte. Por lo menos, yo no puedo.

Pero ¿no hay algo especial en contemplar a los demás? ¿En los sonidos de esa chica?

A lo mejor debería pensarlo así. Por ejemplo: ya sabes que después de una fiesta, cuando todo el mundo se ha ido, me encanta analizar cómo ha actuado la gente y cotillear sobre cómo se han reído, los zapatos que llevaban y todo eso. Pero no puedo relajarme de verdad y disfrutarlo. O a lo mejor lo que me resulta imposible es pensar en el sexo como en cualquier otra situación social en la que cojo apuntes, aprendo cosas y me divierto, porque me siento muy vulnerable todo el rato.

Pero ¿no eres vulnerable todo el rato? Cuando estás en una fiesta. O cogiendo apuntes. Cuando estás nerviosa pensando en qué ponerte y en el hecho evidente de que los demás comentarán cómo te ríes y qué zapatos llevabas cuando se vayan.

Sí, pero a eso estoy muy acostumbrada.

Observé a Fatima. El vello de sus brazos resplandecía. Durante años yo me había dedicado a ir por ahí intentando averiguar qué significaba el sexo para los demás. Nathan había dicho: *Eso es lo que es para la gente: una fiesta de cumpleaños.* Es especial y a la vez no lo es: una chispa que significa que tienes una vida feliz, la prueba de que eres deseable, una marca de belleza, prestigio o humor. Algo más pequeño, más superficial que el amor. Y aun así, sabía que en el momento en que tenía lugar, el sexo era lo menos superficial del mundo: durante un rato, al menos, yo era absolutamente auténtica y estaba presente, era capaz de sentir, había intuición, cuidado, vulnerabilidad. ¿Por qué no podía sentirme así con la ayuda de una pequeña herramienta solitaria como la meditación o el ejercicio? Antes de conocer a Olivia y a Nathan, había creído que podía: que lo único que necesitaba era publicar mis fotos en internet para satisfacerme y liberarme.

¿Cómo te sientes últimamente con eso que haces? ¿Con ese par?

Al cabo de un rato dije: No lo sé.

¿Tienes algo que decir sobre ello?

Lo dices como si hubiera algo que decir. ¿Hay algo que quieras decirme tú?

Fatima arqueó las cejas y bajó la vista hacia los escalones. Ya sabes que no me gusta, dijo. ¿Cómo va a gustarme? No me fío de ellos.

Yo tampoco.

¿No decías que te ponían de los nervios los tipos como Nathan? ¿No te daban mal rollo?

Sabía a qué se refería: la idea de que los hombres eran extraños, de que si me prestara a cualquier tipo de intimidad con un hombre sería a pesar y gracias a que yo solo podía ser un cuerpo para él.

Y había tenido razón al sentir miedo. ¿Cómo va a estar seguro un cuerpo cuando solo es un cuerpo? ¿Cómo podemos esperar que ningún desconocido tenga la tentación de prender fuego a una casa vacía? Sin embargo, Nathan no era un extraño. Había visto las luces de la casa; había distinguido las escenas que tenían lugar lejos de las ventanas, en las habitaciones secretas. A veces sentía que era más humana para él de lo que lo había sido para nadie más. El reconocimiento que hacía él de mi cuerpo me había permitido empezar a olvidarme de ello. La fachada de la casa había sido mi obligación, mi obsesión, y ahora podía alejarme de ella durante días, con la seguridad de que había cumplido su función.

Pero ¿cómo iba a decirle eso a Fatima? No creo que vaya a hacerme daño, dije. En cualquier caso, no puedo dejar de verlo.

No quieres, querrás decir. Cuando se te mete en la cabeza tratar de comprender algo, no hay nada que hacer. Pero ¿estás segura de que quieres descifrarlo? ¿O se trata de otra cosa?

¿Como qué?

Bueno, ¿de hacer daño a Romi? ¿No te parece que acabarás haciéndole daño? ¿O crees...? No sé.

¿Qué?

Fatima volvió a mirar los escalones. Perdona, dijo, pero ¿no te parece que quizá seas adicta al sexo?

Por favor. Aparte de esto, lo único que he hecho es follar unas pocas veces por semana con Romi. Durante años. ¿En serio crees que voy buscando sexo con tanta frecuencia? ¿En plan peligroso?

¿Y esa relación que tienes con Nathan, preguntó, no es peligrosa?

Siempre vuelvo a casa sana y salva, ¿no?

No hay garantías. Tú misma lo has dicho.

Fati...

Solo te estoy dando mi opinión. Para que la tengas en cuenta. Mal no te irá.

Vale, dije.

¿Y qué pasa con Romi? Imagino que no se lo cuentas.

No, no se lo cuento. Obviamente.

¿No te preocupa que se acabe enterando?

No se me ha ocurrido, la verdad. Mi temor no era que Romi se enterara, sino más bien que confiara en mí sin fisuras mientras yo me hundía cada vez más en el deshonor, comparándome con ella y odiando mi propia naturaleza. Fatima me vio la cara y arrugó el entrecejo.

¿Cómo te sientes?, preguntó. ¿Mintiéndole?

No lo sé.

¿No te sientes mal?

Sí. Me siento mal cuando me acuerdo de que le estoy mintiendo. Pero la mayor parte del tiempo me sienta bien lo que hago. No solo Nathan, sino las dos cosas. Tener ambas cosas. Me siento muy libre. Tengo la sensación de que puedo ir adonde quiera, hacer lo que quiera. Tener todo lo que necesite.

Pero también puedes tenerlo sin necesidad de mentir, dijo Fatima. Puedes estar con gente a quien le parezca bien tener una relación abierta, el poliamor o como se llame. O preguntárselo a Romi, quién sabe.

Sabía que en teoría Fatima tenía razón. Y aun así, lo que yo envidiaba en Nathan no era tanto su libertad, sino lo fácil que le resultaba el secretismo. Una cosa era moverse con total transparencia entre personas que te amaban, sabiendo qué les debías a cada una de ellas, qué esperan de ti. Y otra, moverse entre personas que te excitaban mientras ocultabas todo ese festival privado de tu vida. Rara vez había experimentado una libertad tan plena y exultante como albergando ese secreto que no le importaba a nadie excepto a mí. Recordé de pronto la euforia que había sentido, escondida en el baño de Romi, al ver que Olivia respondía a mis mensajes en tiempo real.

No era cierto que la mayor parte del tiempo me sintiera bien, como le había dicho a Fatima. Alternaba vertiginosamente entre altas y bajas pasiones. Si no podía vivir en estado de éxtasis, por lo menos vivía en este estado febril, que en los mejores días conducía al éxtasis. Lo mejor era que sentía que mi vida era nuevamente inmensa. Aún vivía en pequeños espacios oscuros, pero ya no me limitaban los viejos parámetros. Me movía sin compromiso a través de nuevas escenas y escenarios. Había tiempo para Romi, tiempo para Nathan y Olivia, tiempo para trabajar y para divertirse. Cuando alguien me preguntaba cómo estaba ya no decía la verdad, sino que me regocijaba sabiendo que la verdad de mi vida estaba protegida, a salvo de la contaminación del interés lujurioso o de las ansiedades morales de los demás.

A Fatima no podía ocultarle gran cosa. Me oía entrar y salir del apartamento a horas intempestivas, hablar por teléfono, llorar. Involuntariamente, su presencia me recordaba lo mal que me portaba con Romi.

¿Por qué le hacía eso a Romi cuando la quería con tanta gratitud? ¿Por qué estaba tan dispuesta a alterar nuestro futuro juntas? ¿Por qué me resultaba tan difícil creer que las mujeres podían ser inevitables, que tarde o temprano terminaríamos juntas, igual que los hombres creían eso de mí? Había habido años en los que me había divertido riéndome de los hombres que estaban muy seguros de sí mismos. Pero ahora no había nada en ello que me resultara gracioso, nada ridículo. Gracias, decía Nathan cada vez que le devolvía la carta de cócteles al camarero, y no había ni rastro de disculpa en su voz. No invadía el espacio de nadie, no entraba en ningún lugar sin permiso, y a nadie se le ocurría cuestionarlo. Gracias, le decía yo a su portero cuando salía del edificio a última hora de la noche, pero siempre era una disculpa.

En casa de Romi también había portero, un tipo que se había acostumbrado a ver mi mirada solícita en el vestíbulo y a hacer un gesto en dirección al ascensor como respuesta: permiso concedido. La llave de repuesto de Romi estaba debajo del felpudo, como la de todo el mundo. Envidiaba su confianza irreflexiva en los desconocidos. Los días que tenía turno de mañana y salía a primera hora de la tarde, me gustaba dejarme caer por su apartamento vacío y esperarla allí hasta que ella acababa de trabajar.

Conocía cada rincón de la casa. No había secretos que encontrar. Los cajones estaban medio vacíos, la moqueta la limpiaba con regularidad el personal del edificio. Siempre tenía la nevera llena de lo que me gustaba comer: granadas, quesos suaves… Cada uno de los objetos de la cocina, el armario, el baño, tenía una función. A veces me ponía el uniforme de Romi y me asombraba de la facilidad con que podía transformarme en un objeto útil. Al mirar mi cuerpo sin forma en azul claro, me sentía digna y de confianza, segura de que tenía los recursos para solucionar cualquier problema que se me presentara.

Cuando una de esas tardes Romi volvió a casa y me encontró echada en la cama con el uniforme puesto, tapándome la cara con un libro, me sonrió como yo imaginaba que sonreía a sus pacientes.

¿Te gusta cómo te queda, cariño?, dijo, dejando su bolso en la entrada. Luego dio una vueltecita para que admirara su propio uniforme. ¿Quieres que vayamos conjuntadas?

Es muy cómodo, dije yo.

Sí, dijo, pero enseguida te cansarías de llevarlo.

Pedimos comida y Romi insistió en ir a buscarla. Me irá bien caminar un poco, dijo.

Mientras sacábamos los recipientes de plástico y los colocábamos en la mesita, le pregunté por qué nunca se había planteado estar con hombres.

Ah, sí que me lo he planteado. Bueno, sin darle muchas vueltas, pero claro que lo he pensado. Cómo serán. Si me gustaría tocarlos.

¿Y?

Lo haría. Bueno, solo para ver cómo es. Se sentó a mi lado en el suelo con las piernas cruzadas y sacó de su envoltorio un tenedor de plástico. Y para observar ese tipo de cosas, prosiguió, reflexionando y alzando la vista al techo. La libido de un hombre. La sensación. Pero no es deseo, es pura curiosidad. En realidad no me los quiero follar.

Quitó las tapas de plástico de los envases. Se chupó el pulgar y me miró con curiosidad.

Pero ¿no te cansa tanta incertidumbre?, pregunté.

Romi se rio.

Lo digo en serio, protesté. Todo ese rollo con las chicas, estar dando vueltas una alrededor de la otra, preguntándote qué estará pensando ella, quién dará el primer paso, qué significa dar el primer paso, qué significa desear algo como mujer, por no hablar de desear a otra chica… llegó un punto en que me pareció muy cansado. Quería estar segura de algo. Segura de que alguien me deseaba.

¿Eso fue lo que pasó con aquel chico de Amherst?, preguntó. ¿En la universidad?

¿Nunca has tenido que enfrentarte a eso?, continué yo, ¿a la confusión?

Romi me pasó un taco de servilletas. Sí, dijo. Siempre fui muy tímida, cualquier clase de romance me hacía sentir insegura. Siempre es difícil saber lo que ocurre entre una mujer y yo. Incluso a nosotras, acuérdate, nos costó un poco…

Sí, dije, y le acaricié la pierna, desnuda por debajo de sus pantalones cortos de atletismo.

Pero estoy agradecida, al menos con la situación en la que estoy, explicó. Porque, a ver, ¿quién quiere encajar en el papel que le han asignado, no armar escándalo, dejarse llevar, limitarse a casarse con un tío y follar con él como te han enseñado?

¡Romi! Nunca te había oído hablar de una forma tan vulgar.

¿Es vulgar? No sé, ¿no nos han educado para follarnos a los hombres, por mucho que no lo quieran llamar así?

Por supuesto.

Y, ya sabes, una vez que las cosas se ponen en marcha entre mujeres, dijo Romi, es mucho más intenso precisamente por eso. Por lo incierto que era.

¿Te refieres a que no hay guion, a que entre mujeres tenemos que ir viéndolo sobre la marcha entre nosotras? *¿Cómo lo supiste? ¿No te asustó?* En ese plan.

Romi me besó. Exacto, dijo.

La observé mientras comía. Cuando empecé a enamorarme de ella, tuve la sensación de que, por debajo de su ropa deportiva sin pretensiones y el caparazón de su apartamento, Romi parecía un héroe literario: un hombre salido de Austen, como Darcy, o Edmund Bertram, de *Mansfield Park*. Tenía esa sensibilidad social y religiosa, esa sinceridad inflexible. Había mostrado la disposición necesaria, en su última relación, para resistir un amor largo y doloroso. No tenía ninguna duda de que, en caso de necesidad, rescataría a algún primo mío de un apuro, sin insinuar nunca en una fiesta familiar de quién era el mérito. Tenía buen corazón y era generosa, ¿por qué debería sentirse insegura? Si era capaz de hacer daño, no era consciente de ello. Tal vez fuera esa ceguera la responsable de su generosidad. ¿Acaso prestaba atención a sus sentimientos, pensaba en ellos, se preocupaba por ellos? Prestaba atención a las necesidades de los demás y del mundo. Cuando quería algo, se decía a sí misma que estaba bien tener lo que quería. Sus sentimientos eran poderosos e incuestionables.

Estaba preparándome un plato de *noodles* y *dumplings* cuando sonó mi móvil.

Es mi padre, dije. Un segundo.

Me levanté y fui hasta el dormitorio de Romi.

Evie, cuánto tiempo, dijo mi padre cuando contesté. Hace meses que no hablamos. Y no has venido a verme.

¿Cómo estás?, dije. ¿Qué has estado haciendo?

Bueno, varias cosas. Trabajar, ya sabes. Siempre trabajando.

Cerré la puerta y me apoyé contra ella. La moqueta estaba gastada por el recorrido de la puerta.

Ya veo, dije. Muy bien.

¿Y tú? Espero que hayas estado buscando trabajo.

Ah, sí, mentí. Sí. Cuando sale alguna oferta.

¿En serio?

Sí. Romi me está ayudando.

¿Y ella qué sabe?

Tiene un trabajo estupendo, papá. ¿Te acuerdas?

Claro, pero tú no tienes un título de Medicina.

Es verdad.

Lo que tú tienes, perdona que te lo diga, es un título de mierda. Eso no sirve para nada, Evie. ¿No te parece?

Su tono me recordó a una noche poco después de que Romi y yo empezáramos a salir, cuando la llevé a casa por primera vez en Acción de Gracias. Mi padre fue brusco y estaba un poco incómodo, como siempre, pero más allá del hecho de que Romi y yo estuviésemos juntas, le cayó bien, como había esperado. Lo ayudamos a preparar la guarnición: espinacas a la crema y boniatos. Cuando al final nos sentamos a cenar, le encantó escuchar cómo se había criado Romi —sus padres también eran médicos, seguían casados— y que le hablara sobre su formación médica y su voluntariado.

¿Por qué no haces un curso para ser auxiliar de ambulancia, eh?, me sugirió aquella noche, haciendo un gesto con el tenedor. No hace falta que seas doctora.

No quiero robarle protagonismo a Romi, contesté. Además, tengo muchas cosas que hacer.

A eso lo llama trabajo, le comentó a Romi con una sonrisa conspirativa. ¿A ti qué te parece? ¿Dirías que es trabajo? ¿Preparar cafés en una máquina?

Romi lo miró de esa manera admirable que tenía ella. Era el tipo de persona que se ofrecía como voluntaria para ir a sesiones de preguntas anónimas sobre orientación sexual en el trabajo, o durante las campañas electorales para enviar mensajes a republicanos afiliados con cierto grado de tendencia bipartidista.

Por supuesto, dijo ella. Veo lo mucho que se esfuerza Eve.

Pero ¿qué está haciendo en realidad? ¡Si desaparece sin más! ¡Puf! Haces el café, se lo beben y de repente te has hecho mayor.

Imagino lo importante que es para usted construir casas, dijo Romi. Hacer algo que dure.

Bueno, claro, es importante para todos nosotros. Tener algo que mostrar como tu trabajo. Y tú no tienes nada en ese aspecto, Evie, nada. No hay frutos de tu trabajo.

En vez de hostigar a mi padre por nuestras diferencias, hacía años que había empezado a practicar lo que creía que era el perdón e intentaba actuar como si fuera inmune a su desdén o a su decepción. Con el tiempo resultaba difícil distinguir esa inmunidad del silencio. Mi padre era incapaz de imaginar que alguna de sus acciones hubiese provocado o fomentado mis reticencias. Me acusaba de distracción y despreocupación. Aun así, llamaba cada pocos meses, al fin y al cabo yo era su única hija, éramos toda la familia que teníamos, la pequeña familia que había quedado. ¿Por qué no éramos más cariñosos el uno con el otro? ¿Por qué yo no entendía que él solo quería que fuese feliz?

Después de un rato al teléfono, dije: Supongo que es por eso por lo que no tengo suerte encontrando un trabajo. Por mi título ridículo. ¿Llamabas por algún motivo en concreto?

No, dijo, en realidad te llamaba porque, como sabes, se acerca tu cumpleaños.

Sí.

Y, bueno, quería hacerte un regalo.

Ah, no necesito nada.

Por Dios, Evie. Levantó la voz. No necesitas nada, no quieres nada, quieres conseguirlo todo por tus puñeteros medios, ¿es eso?

No quiero ser… No lo decía en ese sentido. Es que no se me ocurre nada que necesite, eso es todo. Y ya sabes que no tengo demasiado espacio.

Porque básicamente vives en una residencia, quieres decir.

Eso.

¿Por qué no hacemos un trato? Quiero hacerte un regalo especial, pero lo reservaremos hasta que consigas ese trabajo. Un trabajo de verdad. Así será una celebración como Dios manda. Porque supongo que no hay ningún motivo para recompensarte por hacerte mayor.

Ninguno, dije.

¿Cuántos cumples este año? ¿Veintiocho, veintinueve?

Veintiocho.

No hay ninguna razón para recompensarte por llegar a los veintiocho y estar ganando, ¿cuánto?, ¿veinte mil al año? Con todo lo que te he dado.

Todo lo que él me había dado: una retahíla de cosas de las que ambos nos avergonzábamos, cada uno a su manera. Clases de ballet, un tutor de matemáticas, dinero para viajes con el colegio. Yo no había ido a Exeter, no había desarrollado la inmensa seguridad de Nathan, pero era bastante egoísta.

Adiós, papá.

Volví al salón y le puse una mano en el hombro a Romi.

¿Qué quería?, me preguntó. ¿Está bien?

Sí, está bien. Lo de siempre.

Romi me lanzó una mirada amable. Lo siento, dijo. ¿No está contento?

Lo que de verdad me gustaría, dije, notando el vello de la nuca de Romi, es que al menos por una vez estuviera orgulloso de ti. A ver, a mí ya no me importa ser una decepción. Hace tiempo que lo soy. Pero ¿tú? ¿Romi? ¿La doctora?

Vale, vale, dijo mirándome con timidez y gratitud, como hacen las personas felices cuando su felicidad es merecida.

Mientras Romi recogía, vi que tenía dos mensajes. De mi padre, un enlace a un artículo que rezaba: *Doce consejos para aprovechar la veintena*. De Nathan, un mensaje breve y raro: *He estado pensando en ti*.

Esa misma semana quedé con Nathan y Olivia para cenar en Clinton Hill. La invitación me sorprendió. No había visto a Olivia desde nuestros encuentros en pleno invierno en el apartamento de Nathan en el Uptown.

Él eligió un pequeño restaurante italiano al que yo había ido una vez con Fatima. Estaba discretamente escondido dentro de una antigua tienda. Llegué antes de lo que tenía pensado, pero no quería mostrar entusiasmo ni que me encontraran incómoda esperando en la barra. Así que me puse a fumar y di cuatro vueltas a la manzana.

Cuando al fin nos sentamos, Olivia empezó su inspección rutinaria por el restaurante para estudiar a los comensales y ver si había algún conocido.

Relájate, le dijo Nathan. Estamos en Brooklyn.

Y solo estáis cenando con una amiga, dije yo. ¿No?

Claro, dijo Nathan.

Me costaba recordar el arrebato de determinación que había sentido al conocer a Olivia el diciembre anterior. Había pasado demasiado tiempo sintiendo que me rechazaba, o bien que me utilizaba, cuando no me sumía en la ansiedad de tener que justificar mi propia conducta. Pero continuaba fascinándome. Ahora sentía por ella lo que se siente por un famoso: una intensa curiosidad, distancia y admiración, pero ninguna esperanza de interés recíproco.

¡Qué alegría verte, Olivia!, le dije. ¿Qué tal estás? Hace tiempo que no nos vemos.

Ah… Se ruborizó. No sé. He estado ocupada.

¿Ocupada?

Sí.

¿Has estado pintando?

Olivia miró su plato vacío. Sospechaba que había vuelto a interesarse por mí tras un periodo de reticencia, o quizá había sido convencida para volver a intentarlo. Sobre mi cuerpo se cernía la cautela que, en los meses anteriores con Nathan, se había acostumbrado a la languidez.

Después de pedir nos hicimos las preguntas de rigor sobre el trabajo.

Nathan me ha enseñado unas fotos de tus cuadros, le dije. Algunos de los más recientes, me parece. Son maravillosos, Olivia.

Ellos intercambiaron miradas durante el silencio natural que se impuso mientras llegaban los primeros platos. Olivia empezó a desmontar con el tenedor un pastel de coliflor.

Esto está riquísimo, le dijo a Nathan. Te gustará.

Me ha encantado, continué, ver parte de tu obra por fin.

¿Quieres probarlo?, preguntó ella a Nathan.

Olivia, insistí, solo trato de hacerte un cumplido.

Ella no me hizo caso. Observé mientras ambos jugaban, ella insistía en servirle con su tenedor, casi de manera maternal, y Nathan, a su vez, protestaba, se conformaba, sonreía. Me sentía mal por ella y a la vez estaba celosa. Al final Nathan se volvió hacia mí con una mirada divertida, como si quisiera darme las gracias por complacerla.

Son preciosos, volví a decirle.

Ella jugueteaba con el plato de Nathan. Vale, déjalo ya, acabó diciéndome.

Nathan, dije, ayúdame. Cada vez que intento hablar con Olivia de su trabajo, es como si no existiera. ¿Me echas un cable? ¿Puedes conseguir que hable un poco conmigo?

Pero ella siguió como si nada: Nathan, ¿no estás muy apretado ahí? ¿Pedimos que nos pongan en otra mesa?

Nuestra mesa estaba en medio del restaurante abarrotado, y debajo del mantel de papel se libraba una batalla de rodillas. Me gustaba la pequeña conspiración de las rodillas de Nathan y también no preocuparme por ello mientras Olivia sí lo hacía.

Nathan se rio. Liv, ¿por qué no quieres hablar de tus cuadros?

Mira, le dije a Nathan, hasta le envié mensajes, ¡para decirle lo mucho que me gustó su trabajo! Es que su pintura me conmovió. Estaba muy entusiasmada. Y ella ni siquiera respondió, nada. Nunca me responde.

¿De verdad? Olivia, ¿no le respondes?

Nunca, repetí yo.

Olivia hizo caso omiso y comenzó a comer el pastel. Yo volví a llenar los vasos de agua de la jarra para no verme obligada a mirarla. Qué manera de rebajarme: *¿Puedes conseguir que hable un poco conmigo?*

En lo más profundo lo sentí como una traición, no tanto de Olivia sino a mí misma, igual que cuando conseguía un trabajo, una carta de recomendación o que me presentaran a un hombre sabía que lo había logrado con mi sonrisa y un gesto coqueto de los hombros aunque mis amigas y yo fingiéramos que lo había conseguido a base de voluntad e inteligencia. Solo estábamos cenando, me dije, solo estaba coqueteando, intentando traspasar el caparazón de Olivia. Pero la verdad era que estaba sucumbiendo al sistema en que ambas vivíamos –susceptible al roce más ligero de Nathan–

mientras ella, que por lo general estaba simple y llanamente de acuerdo con él, se ponía roja y, en su intento por resistirse, acababa irritada. Claramente era leal a su obra incluso a expensas de Nathan. Ahí estaba: aquello con lo que no transigiría.

Liv, dijo Nathan.

Olivia dejó el tenedor en el plato. Un sonido frío y seco. No quiero hablar de eso, dijo. Y no lo haré.

¿Por qué no?

De ninguna de las maneras, insistió. No pienso discutirlo contigo. No quiero hablar contigo de mi trabajo. No quería que lo vieras. No quiero que tenga nada que ver contigo. Es privado. Y lo que me pone verdaderamente furiosa, dijo con los ojos como platos y la boca rígida, lo que me pone frenética es el hecho de que pienses que puedes ser parte de ello, que te mereces una respuesta mía. Que puedes mirar mi obra y preguntarme por ella, esperar que responda cuando me saques el tema. Como si tuviera algo que ver contigo.

Me invadió la vergüenza.

Lo siento, dije. Perdona, Olivia.

Nathan se divertía. Le gustaba verla furiosa. Incluso en medio del restaurante, su enfado tenía un matiz sexual. Olivia, le dijo, solo está siendo amable contigo. Solo quiere ser tu amiga.

Sí, dije, humillada por esa bondad.

Y además, añadió él, todo el mundo verá tu trabajo. Todo el mundo hablará de él y te preguntarán. No es algo privado, ya no. Va a ser muy importante. Liv tiene un nuevo galerista, me comentó.

Mientras lo escuchaba, pensé: yo me he guardado mis secretos por egoísmo, no llevada por nobles principios artísticos. Yo nunca podría defenderme como lo ha hecho ella.

Olivia volvía a sentirse avergonzada. Lo siento. Perdóname, no quería ser... Es que no quiero hablar de eso con ninguno de los dos. No quiero hablar de mi obra. Disculpad.

Se levantó, al parecer para ir al baño. Nathan me sonrió, animándome.

No está enfadada en realidad, me dijo.

Nathan, no me salgas con esas. Es obvio que lo está.

No, qué va. Se le pasará.

¡Que sí! Se le pasará, claro, pero no hay duda de que está enfadada. La molesto.

Conozco a Olivia mucho mejor que tú, dijo.

Creo que no lo entiendes. Lo de su obra. Es algo serio para ella, Nathan. No entiendes ese asunto como crees. No deberíamos avasallarla con eso.

Se le pasará, repitió. Está buena, ¿no crees? La coliflor.

Me comí la coliflor y me pregunté cómo Olivia había sido capaz de decir: *lo que me pone verdaderamente furiosa es el hecho de que pienses que te mereces una respuesta mía.* ¿Cuándo se me había pasado por la cabeza, si alguien me hacía un cumplido, sentir otra cosa que no fuese gratitud y la obligación que esta implica? Después de todo ese tiempo intentando averiguar si había algo que solo le perteneciera a ella, una esencia de sí misma que protegiese incluso de Nathan, en el preciso momento en que lo había descubierto no había mostrado ningún respeto por ello. Había pretendido que renunciara por completo a su privacidad.

Volví a pedirle disculpas cuando regresó a la mesa. Nathan hizo su cometido reconciliándonos. Pero yo sentía que había ido demasiado lejos, en vista de los límites de la amabilidad forzada de Olivia, y la prueba de que era forzada. Ella me toleraba por Nathan, y no iba a permitir que una persona a la que tan solo toleraba entrara en la esfera de su trabajo privado. Como siempre, Nathan me había ofrecido algo seductor e, inevitablemente, falso: la idea de que yo tenía razón.

Mientras esperábamos la cuenta, él se puso a garabatear en el mantel de papel, firmaba una y otra vez con una letra eficiente. Me resultaba incómodo y entrañable a un tiempo. De pronto sentí que lo conocía de verdad; no solo eso, sino que era más real que otras personas a las que creía conocer. Confirmó sin reparos la fealdad de la que había sido testigo en mí misma y en otros, había sido testigo de ella y la había intentado negar.

Olivia me dedicó una sonrisa subrepticia. Un ofrecimiento de paz.

¿No es tremendo lo infantil que es?, dijo, ¿Has visto lo que está escribiendo una y otra vez?

Sí, respondí agradecida. No me sorprende.

Nathan sonrió y siguió trazando garabatos en el mantel.

A veces, me dijo Olivia con voz titubeante y meditabunda, es alentador estar contigo. Porque, ya sabes, estoy tan encaprichada con Nathan que se me puede olvidar lo absurdo que es. Lo arrogante. No me percato en absoluto. O sea, sí, pero lo disfruto. Todo. Ya sabes, hablamos por teléfono cuando él está por ahí, haciendo sus cosas, pidiendo un café o comprando… Yo qué sé. Y oigo a la gente al otro lado ser tan amable con él… derrochan encanto, tontean, le preguntan cosas… ¡Noto que sonríen!

Camareras, dijo Nathan. Las camareras me adoran.

Así es, dijo Olivia. Da buenas propinas. Y es encantador.

Tú sabes lo encantador que les parezco a las camareras, dijo Nathan.

Olivia recogió su paraguas de debajo de la mesa y le dio un golpecito en el brazo. Volvía a estar relajada. Mientras salíamos a la calle, me hizo gracia pensar que mi compañía la obligaba a hacer un ajuste de cuentas con la grotesca realidad de él. Y, sin embargo, ¿no me había tomado yo con filosofía a Nathan toda la noche y había sido agradable? *No me salgas con esas*, le había dicho, aunque estuviésemos —en mi cabeza, en la guerra que yo había creado— en el mismo bando. Sospechaba que le había servido agua tres veces. Su compañía me sosegaba más profundamente que nunca. Cuando me repugnaba no sentía la decepción; cada cambio en su personalidad ocupaba un lugar en mi geografía de la relación, resultaba fértil.

Fuimos al apartamento de Olivia. Era un estudio pequeño y sencillo en un sótano, decorado con esmero en un estilo anticuado, con un escritorio de madera maciza pintado de rojo y flores secas por las paredes. A pesar de la agradable vida que compartía con Fatima, sentí como si entrara en un sueño que había tenido en el pasado, un sueño sobre ser una mujer que vive sola entre objetos bellos. Los árboles que se veían por la ventana eran de un verde resplandeciente. Olivia era tan esbelta que su torso tenía las líneas lisas y regulares de un maniquí. Ella y Nathan refulgían blancos en la habitación, entre la madera barnizada y la colcha azul marino.

Nathan quería follarnos a la vez, quizá porque comprendió que necesitábamos unirnos y que solas no lo conseguiríamos, o tal vez porque sabía que los celos aún nos separarían más. De nuevo, no lo entendí bien.

Primero folló con Olivia. Y antes de empezar le dijo: Tienes que besar a Eve si quieres que follemos. Si no lo haces, me iré.

Yo besé a Olivia como se suponía que debía hacer. Me gustó tenderme cerca de ella por debajo del brazo de Nathan, sintiéndome parte de su pareja.

Olivia lo puso a prueba. Se apartaba de mí para respirar o abrazarlo, y entonces él se alejaba.

Bésala, ordenaba. ¿O no quieres que follemos?

Olivia me besaba con timidez. Cuando los tres establecimos un ritmo, con besos regulares y su polla ganando velocidad, ella se alejó de mi cara para exclamar: ¡Nathan! ¡Gracias, gracias, gracias!

Por unos instantes cerré los ojos y me aparté: no soportaba mirarla mientras le daba las gracias, sus ojos de niña, el alargamiento de su cuello mientras se arqueaba, la desnudez de su rostro. La expresión de Nathan era de brutal concentración, como si en cualquier momento fuera a hacerle saltar las bisagras a la puerta. *Gracias, gracias*; por Dios, ¿se me habría escapado eso alguna vez estando debajo de Nathan? ¿Lo habría pensado siquiera?

Cuando se volvió para follarme, me dio las mismas instrucciones. Olivia me besó a su manera, reticente. Poco a poco, en los brazos de Nathan, me sentí feliz, cariñosa, otra vez eufórica. Me encantaba estar entre ellos, me encantaba ser una con ellos. El aire de la habitación se volvió denso con nuestros jadeos. Nos elevábamos juntos. Me pregunté si esa sería la esencia de lo que siempre había buscado: multiplicidad, comunión, un deseo más rico y más grande que cualquier otro y en el que cada deseo individual absorbía el de los demás hasta convertirse en un nuevo tipo de animal, hambriento y hercúleo. Mi propio deseo, devorado por la escena, era inocente.

Terminó antes de que estuviera lista —una pequeña desilusión—, mi cuerpo todavía hambriento.

Nathan salió de mí y se quedó tendido a mi lado en la cama de Olivia. Yo apoyé las manos sobre el vientre, como hacía cuando dormía. Él me tomó los dos primeros dedos de la mano derecha y los apretó en su puño mientras se tocaba con la otra mano. Los tenía completamente aprisionados. Se calentaron mientras yo recuperaba el aliento. Sentí que me derramaba en esos dedos como si toda yo estuviera envuelta y cálida en su mano. ¿Cómo podía ser esto lo que yo deseaba? Silenciada, agarrada, cálida, me decía lo que era. Me lo decía un hombre como él.

Olivia puso la boca en la polla de Nathan. Yo agradecía que a ella le encantara chupársela; era una clase de subyugación que siempre me había desagradado. Habría podido disfrutarlo, tal vez, si con ello hubiera experimentado cierto poder: la capacidad de manipular el placer de una persona y su creciente indefensión. Fatima había dicho que ella se había sentido así alguna vez. Sin embargo, la manera en que Olivia se la chupaba no tenía nada que ver con eso. Su amor era obvio en todo lo que hacía por él, y aun así, ahora la consumía más el sentimiento. No se trataba ya de la calmada pasividad que se adueñaba de ella cuando él la follaba. Tenía ritmo, concentración, energía. Chupársela la conmovía; gemía y movía las caderas con sacudidas involuntarias. Al verla me pregunté si sería ese el acto que más le importaba: era pura abyección, convertirse por completo, y con ardor, en agujero anónimo. *A veces me gusta que esté hablando por teléfono cuando se la chupo en la oficina*, recordé que había dicho una noche, cuando la conversación durante la cena había pasado al terreno sexual, *para poder sentir que no me hace ningún caso*. Olivia estaba dispuesta a seguirlo, a llegar hasta el fondo. Nada la consternaba. Estaba liberada de la retórica, de la creencia. ¿Nunca se sentía dividida, ni siquiera un momento, entre lo que amaba de sí misma y lo que la asustaba? ¿Qué era lo que le escandalizaba que su cuerpo no podía rechazar?

Nathan tardó mucho en correrse y cuando lo hizo Olivia estaba más encantada que él, que se desplomó con las manos en la cara; las sábanas estaban empapadas de su sudor y ella rio al tocarlas. Se puso una camiseta negra larga y fue hasta la cocina, en un rincón de la habitación.

¿Qué quieres tomar?, le preguntó a Nathan. ¿Agua? ¿Sauternes? Era un vino que a él le gustaba y solía pedir en los restaurantes.

Él no respondió.

Olivia, dije, ¿dónde está tu estudio?

Ah, por allí, respondió, haciendo un gesto hacia una pequeña puerta contigua a las ventanas del sótano que daban a la calle. Yo había pensado que era un armario. No había fotos en el apartamento, ni suyas ni de nadie; solo flores, tanto secas como frescas, y varios jarrones que parecían haber sido adquiridos en las tiendas que proliferaban por Brooklyn donde vendían cerámica y elegantes artículos de piel. Las dos estanterías que recorrían la pared estaban repletas de libros de bolsillo.

Nathan, ¿qué quieres tomar?, repitió Olivia.

¿Te gusta ver cómo me la chupa Olivia?, me preguntó él.

Sí.

Ella se quedó en medio de la habitación, observándonos.

¿Te parezco una zorra cuando lo hago?, preguntó.

Por un momento pensé en responder afirmativamente, porque intentaba decir que sí a cualquier pregunta que me hacían. Y supuse que quería que la percibiera de ese modo, ya que el mundo al que Nathan la había arrastrado —para acostarse con él, conmigo y con otras mujeres— la volvía promiscua en comparación con su pasado. Quería deleitarse en esa novedad.

¿Es una pregunta retórica o va en serio?, quise aclarar.

Olivia miró a Nathan.

En serio, dijo él. Por supuesto.

No, contesté. Nunca me lo pareces. ¿Te molesta que te lo diga?

Es porque mis tetas no son lo bastante grandes, concluyó ella, con un desánimo que me hizo reír.

No.

¿Por qué entonces?

Te entregas completamente a Nathan, dije. Perdona, pero es obvio que lo amas, cuando lo haces.

Eso es cierto, reconoció ella.

Nathan me lanzó una sonrisa generosa, la misma que ponía cuando le contaba las rutinas cotidianas que Fatima y yo compartíamos. Daba vueltas distraído a su anillo en la mano derecha. Luego cerró los ojos. Qué bien, dijo. Me gusta eso.

El amor de Olivia era algo que le gustaba, como un plato inesperadamente delicioso o un buen día en Wall Street. Le agradaba de pasada pero no alcanzaba su interior, el lugar donde se entendía a sí mismo y concebía planes. Yo había dado por hecho, al principio, que no se percataba de la magnitud de su amor debido a lo cerca que la tenía, o en todo caso, si era consciente de ello, el bienestar de ella le resultaba del todo indiferente. Pero no se trataba de ninguna de las dos cosas. Ambos sabían con claridad lo que había entre ellos: Olivia lo amaba en parte por ese equilibrio del que él era perfectamente capaz, disfrutaba de la habilidad de Nathan para consentir e intensificar el grado de enamoramiento de ella sin exigirle nada. Su autosuficiencia era parte de su atractivo, para ella igual que para mí. Aun así, a veces pensaba que a ella debía de dolerle, tan comprometida como estaba con un sentimiento al que él era inmune. Sabía que ella temía que la abandonara. Pero la había subestimado, eso también era cierto. Había pensado que, pese a su inteligencia, en cierto modo deliraba un poco.

Cuanto más lo comprendía, más envidiaba a Nathan. Si no era cruel, entonces no tenía motivo para odiarlo, solo para envidiarlo. Me preguntaba cómo podría conseguir lo que él tenía: libertad absoluta, una vida de excelencia personificada por la que flotar a través de un paisaje de amor y sexo sin comprometerme con nadie.

Nathan, ¿qué te apetece tomar?, volvió a preguntar ella.

Me parece que se ha dormido, dije en broma.

Olivia se sentó a su lado e hizo rodar una mandarina por la piel de su antebrazo. A lo mejor todas mis justificaciones fuesen en vano y ella estaba todavía en el andén del tren: esperando sin cesar la llegada decisiva del amor correspondido. La veía allí, en la noche cada vez más fría, con el pelo hundido en el cuello del abrigo, inclinándose ligeramente sobre las vías hacia la luz fantasmal que se aproximaba. La franqueza de su rostro me hizo sentir una inmensa ternura. ¿Qué mejor amiga que yo podía encontrar en el mundo?, yo, que sabía cómo pasaba las noches y cómo se sentía.

Olivia, dije.

Sentí un atrevimiento sorprendente. Ella me dedicó una leve sonrisa. Cuando la besé, reaccionó con suavidad, a su manera casta.

La mandarina rodó desde su mano hasta la cama. Se inclinó hacia delante con todo el cuerpo y volvió atrás cuando el beso hubo sido ofrecido. Pensé que gozaba alejándose un poco de mí. Recorrí su espalda con los dedos. Con cautela, con ternura. Ella cerró los ojos —¿por timidez, por placer?—, y con mi palma en su cintura, le levanté la camiseta. Olía a limpio. Había en ella una especie de frescura casi vegetal, verde y amable. ¿Te parece bien?, pregunté. Me gusta, dijo ella. Su cuerpo era pequeño. Notaba su menudez incluso con mis yemas, lo densa que parecía por debajo de la piel, como hecha con esa intención. Se volvió a medias hacia mí, con los ojos aún cerrados. Tenía unos pezones diminutos y unas pecas graciosas por el torso.

La presencia de Nathan me recordaba lo hábil que era reclamando a Olivia, lo nerviosa que me ponía yo intentando reclamarla. Pero su cuerpo se volvió hacia mí y reconocí la sensación. Recordé lo que más me gustaba de estar con mujeres: ese primer espacio íntimo que se antojaba ilícito e infinito, sin las ataduras de cualquier mundo que conociéramos. Mantuvo los ojos cerrados mientras se movía hacia mi mano. Ahí estaba. Olivia. Medio comedida, medio avariciosa. Yo sonreía por dentro. Me moví muy lentamente. Reinaba a nuestro alrededor un silencio de primer beso que envolvía la habitación. Ella se abría y ahondaba, se aferraba. Yo era cálida y segura. El aire se volvió denso, el susurro de la voz de Olivia se inflamó, su respiración ensanchó su caja torácica. Despacio, muy poco a poco, como temiendo que cambiara de idea, me hundí en la cama y llevé la boca a su clítoris. Era caliente, vegetal, sus músculos compactos e impredecibles. Apreté su cuerpo contra mi cara. Todas mis inseguridades fueron embestidas por la fuerza rotunda de su cuerpo. *Esa es la chica que me gusta.* En un momento dado Nathan se incorporó y guio su polla hasta la boca de ella. Ella lo aceptó como en una ensoñación, casi inconscientemente.

Al final le pudo la timidez y alejó las caderas de mí.

Olivia, dije.

No, por favor, dijo mientras se apartaba de Nathan, me da vergüenza. Se rio y se tapó la cara con el pelo.

Por favor, me encanta tocarte, yo…

Pero ella se bajó la camiseta y escapó a la cocina en busca de la botella de vino.

¿No es gracioso que Olivia acabe siempre poniéndose dramática?, me preguntó Nathan en voz baja.

Crucé la habitación para reunirme con ella y me señaló el armario sobre el fregadero donde guardaba los vasos para el vino. Me sentía sorprendentemente poderosa. Si Nathan me tocaba en el lugar indicado, sonaría como un timbre. ¿Cuándo había empezado a preferir a la persona que yo era cuando estaba con ellos? Pese a todas mis reservas, a una parte de mí le encantaba ser esa chica, no solo en lo que atañía a mi cuerpo sino también en nuestra forma de comunicarnos. Me había equivocado al imaginar que me conformaría con ver el partido desde las gradas.

Nathan, ¿quieres?, preguntó Olivia. ¿Y un pitillo?

No, gracias, Liv, dijo él, pero se sentó en la cama y aceptó un vaso. Busqué mi tabaco —consciente, mientras hurgaba en el bolso, de la lascivia animal de mi postura en cuclillas— y le ofrecí un cigarrillo a Nathan. Él dejó que se lo encendiera, apurando el vino para usar el vaso de cenicero.

¿Qué tal te va con tu novia?, preguntó sin venir a cuento.

Me sentí un poco fría. Me parecía de nuevo que el nombre de Romi ni siquiera tendría que ser pronunciado donde él estuviese. No podía pensar en ella mientras estaba con él, más allá de un destello de recuerdo tierno. Resultaba que yo no tenía solo una vida.

Bien, dije, volviendo a sentarme en la cama.

¿Cómo se llamaba? Tiene un nombre bonito. Elegante.

Pelé la mandarina que Olivia había dejado en la cama y le ofrecí a Nathan la mejor parte.

¿Rose? ¿O algo parecido?

Ella está bien, gracias.

Pero sigues volviendo con nosotros, ¿no?, insistió Nathan.

Sí, dije. Me gusta porque parece que sabes exactamente qué hacer conmigo.

Claro, ese es el talento de Nathan, comentó Olivia, sonriendo mientras le acercaba un segundo vaso de vino.

Él alargó la mano y le di el último gajo de mandarina. Ese gesto me hizo plenamente consciente de nuestro lenguaje corporal, nuestras extremidades amarillas y grises en la penumbra y yo sentada sobre los talones enfrente de Nathan. Él se recostó en la otra punta de la cama, junto a la mesita de noche con la colección de vasos. Olivia se acomodó en el borde con los pies colgando, como si fuera a levantarse en cualquier momento. Entró un poco de aire por el resquicio de la ventana abierta. Entre nosotros había un ánimo dolorosamente tierno, la sensación exquisita del ocio merecido, como si la recompensa por el largo y extraño invierno fuese esta precisa intimidad. Sabía que por eso había llenado el vaso de Nathan tantas veces durante la cena, por eso había buscado el tabaco para él y había pelado la mandarina. Había acudido a este lugar de benevolencia comunitaria para sentir que no estábamos enfrentados, sino que en realidad nos amábamos.

Pero ¿qué me hacía pensar que era amor? ¿La solicitud de Olivia hacia Nathan, los cuidados que yo le dispensaba? ¿Me recordaba a los años de dedicación de Romi? ¿Era bueno, este amor, si lo que suponía era que Olivia y yo giráramos alrededor de Nathan, otorgándole todos los favores de que éramos capaces?

Pensé en una pregunta del cuestionario sobre adicción al sexo que Fatima había encontrado en internet: ¿Tu afán de sexo o fantasías sexuales entra en conflicto con tus valores morales o interfiere con tu viaje espiritual personal? Sí/No.

Nathan, dije, que tú *sepas qué hacer conmigo*, ¿no es pura misoginia, por parte de ambos? Que yo quiera eso, que me folles de esa manera. A mí y a Olivia.

Él se sorprendió. Me pasó el pitillo como si eso pudiera tranquilizarme.

¿Por qué sigues pensando en esas gilipolleces?, preguntó. Creí que te había curado de eso.

¿De mi vida?

De tu vida no. De la política. Tu vida es esto.

Yo había formulado la pregunta con sinceridad. Me apetecía confiar en las intenciones de ellos y revelarles mis verdaderos pensamientos. Procuré mantener el tono provocador.

Esto es un agujero al que me arrastro cada fin de semana, dije yo. ¿Y ahora resulta que debo pensar que es algo que me empodera? ¿Que tú me folles solo porque disfruto de ello?

Ante el silencio de Nathan, me incliné hacia él y tiré la colilla en el vaso vacío. Sus ojos me siguieron. Cuando volví a mi posición, descrucé las piernas para que mi coño quedara expuesto en su dirección. No miré a Olivia, no quería saber qué sentía ella. Encontré el mechero donde había caído en la cama.

Y es muy raro, dije. Olivia y yo tenemos relaciones con mujeres, ¡nos interesan las mujeres! No es que hayamos pensado: *Vaya, joder, qué se le va a hacer, necesitamos un rabo.* Y aun así… Pero debería hablar por mí. Yo crecí considerando el sexo algo que las mujeres debían practicar como quisieran, situando la libertad sexual en una cúspide, más allá de la moralidad o cualquier otra idea provinciana. Por lo que ¿debo suponer que no sufriré, que nada me hará daño si yo lo elijo y lo veo claro? ¿No es esa la más absoluta sumisión al poder? *¿Bueno, vale, ya no puedo resistir más?*

¿Acaso no disfrutas de esto?, preguntó Nathan. ¿No vuelves aquí una y otra vez? ¿No hago que te corras como un puto animal?

Oye, no te creas que no me paso noches en vela esperando en vano terminar con una mujer, para poder mirarme a la cara. Sé que lo único que he hecho ha sido atrincherarme en una trampa ideológica como la que habría tenido que enfrentar hace cincuenta años, solo que a la inversa...

Pero Eve, interrumpió Olivia desde detrás de mí.

Me volví a mirarla. Estaba roja.

¿No te gusta esto?, preguntó. ¿No es profundamente bueno?

No apartó la mirada. Pude verla más allá de la frágil claustrofobia que siempre nos rodeaba, como era fuera, en el mundo, caminando hacia el restaurante aquella misma noche, recatada y esperanzada, con la vista en el suelo.

¿No... no es algo especial en tu vida?, ¿Alguna vez ha sido igual?

Conocía la respuesta y aun así no lograba comprenderlo. Había estado enamorada antes, incluso ahora de Romi, me había sentido completamente consumida por la pasión. Sin embargo, no podía exagerar el significado de la experiencia que tenía con Nathan y Olivia. Era como si todas las cuestiones que más me preocupaban, con las que me sentía más sola —el deseo, el sexo, el género, la atención, la intimidad, la vanidad y el poder— estuvieran expuestas encima de una mesa entre los tres. Podía estudiarlas cual fruta en un cuenco. Reconocía las formas, sabía cuál era mi propia historia con ellas, y no obstante, cuando me había topado con ellas en el pasado me había sumido tanto en la esperanza y la lealtad, o en algún delirio, que nunca me había aproximado a su comprensión real. Y ahora percibía que de algún modo esa claridad estaba a mi alcance. Si lograba quedarme en la habitación el tiempo suficiente, si podía rodear la mesa y ver el cuenco desde todos los ángulos, aparecería una nueva posibilidad de libertad.

Quise disculparme, pero sabía que si lo hacía me dolería, así que dije: Olivia, ¿me llamarás cuando quieras verme, solo nosotras dos? Me encantaría.

Ella volvió a sonrojarse y se acurrucó en el brazo de Nathan.

La semana que viene es mi cumpleaños, dije. Invitaré a gente. A lo mejor te apetece venir.

Olivia se quedó allí como un gato, inmóvil.

Cuando nos levantamos de la cama y nos vestimos, mientras ella estaba en la pequeña cocina, Nathan se acercó a mí y me empujó delicadamente contra la pared, sus caderas rozando apenas las mías. Me acarició la cabeza.

El sexo es fabuloso, dije, porque me quería disculpar, decirle que lo amaba.

Ah, exclamó con sentimiento, como si él también estuviese desconcertado.

¿Tienes alguna objeción?, pregunté.

No, por Dios. No, ¿cómo iba a tenerla? Dibujaba círculos en mi espalda con calidez, como cuando alguien quiere consolarte, o como un novio a quien no le apeteciera alejarse de tu preciado cuerpo.

Lo aparté. Con cada bocanada de aire me preparaba para perderlo, para tomar conciencia de que su pecho retrocedía unos centímetros. Tras cuatro respiraciones lo recordé todo.

¿Trabajas todo el fin de semana?, pregunté.

Sí. Se desprendió de mí. Toqué mi móvil. Los tres estábamos junto a la puerta para despedirnos. Intenté besar a Olivia y Nathan dijo: Liv, dale un beso de verdad.

7

Luego llegó agosto. Primera hora de la tarde. Romi y yo teníamos el sábado para nosotras. Estábamos echadas en su cama en camiseta y ropa interior, demasiado acaloradas para ir a ningún sitio, disfrutando del frescor del aire acondicionado. En la calle se oía la música de la camioneta de los helados.

¿Quieres algo?, me preguntó. Voy a bajar a comprar.

Desapareció y se fue a la calle. La cama estaba fresca y seca. Yo saboreaba un éxtasis imperdonable: el éxtasis de tener todo lo que quería, más de lo que me imaginaba que era posible: Nathan y Olivia y Romi. Me sentía un poco como el día en que conocí a Olivia en el bar, tantos meses atrás, y me di cuenta de que ella vivía en un mundo privado y espectacular al que yo podría acceder.

Cuando Romi me trajo un polo, me apoyé en la pared y mordí la punta con un crujido gratificante. Ella se sentó a mi lado en la cama.

¿Te gusta hacer cosas por mí?, pregunté mientras me lamía el jugo del polo que se me escurría por la mano. Quiero decir: ¿no te cansas de estar siempre trayendo y llevando cosas?

Ella chupeteaba su polo metódicamente, de abajo arriba y tras cada asalto lo rotaba noventa grados.

Claro que me gusta, dijo. Lo hago sin pensar.

¿Crees que esa es la diferencia entre una buena y una mala persona? ¿Que ni siquiera tengas que pensar en lo bueno que haces?

Tú no crees en serio en eso de las buenas y malas personas, dijo Romi.

Aunque a veces ese es el indicador de que alguien es buena persona, dije. Que le preocupa hacer el bien. Eso quiere decir que le importa que las cosas sean de una determinada manera.

¿De qué va esto?, preguntó Romi.

¿Qué?

¿Tienes que tomar una decisión? ¿Te preocupa estar haciendo algo mal?

No, dije, es que no sé por qué no se me ocurre hacerte el desayuno por las mañanas, por ejemplo.

Romi me quitó el palo sucio del polo y recogió los envoltorios para ir a tirarlos, pero yo la agarré para que volviera a la cama y se lo quité de la mano. Me incliné sobre ella, coloqué la parte limpia de los envoltorios en el suelo y dejé encima los palitos de madera. Tenía las piernas sudadas de cuando había bajado corriendo hasta la camioneta de los helados. Metí la mano dentro de sus pantalones cortos de atletismo. Tenía las bragas empapadas y abultadas en la entrepierna, los labios calientes.

Uy, no, dijo. Tengo la regla.

¿Y qué?

Bajó la vista. Le introduje las puntas de dos dedos. Vi que se le tensaba el vientre y apretaba los ojos un instante. Me puso una mano en la muñeca y se echó hacia atrás con una sacudida, alejándose de mí.

¿Qué pasa?

Cruzó las piernas. Eve, dijo, quiero romper.

¿Estás hablando en serio?

Sí.

Apoyé la cabeza en la mano un momento, pero vi que tenía sangre en los dedos. Me los limpié en las sábanas. ¿Quién es?, pregunté.

Una compañera, reconoció. Del hospital.

A lo lejos sonaban las sirenas que, a lo largo de mis años de felicidad confusa en la ciudad, había dejado de oír. Ahora el sonido atravesaba con nitidez las ventanas cerradas. La sensación no era distinta a la de ver el cuenco de fruta en medio de una habitación en la que Nathan y yo estuviésemos hablando. Se abrió una claridad inequívoca. Todo estaba lleno de luz y calor. La moqueta beis del cuarto de Romi resplandecía.

Lo siento mucho, dijo. No lo planeé así. Se me ha ido de las manos.

¿Se te ha ido de las manos?

Sí.

Romi parecía arrepentida y a la vez resignada, como si evaluara un desastre que hubiese en el suelo.

Se te ha ido de las manos. Entonces puedes volver a encauzarlo, ¿no?

¿Qué quieres decir? ¿Quieres que sigamos juntas? ¿Después de lo que te estoy diciendo?

Sí.

¿Estás segura?

Entre nosotras el aire no se movía. La miré, y a continuación dirigí la vista a la moqueta, luego a ella de nuevo, luego a mis manos. ¿Estaba segura?

Ya sabes que no estoy atada a la monogamia, dije. Las personas cometen errores. O ni siquiera errores, quieren cosas. Está bien. Eso no quiere decir que tengas que irte.

¿Quieres que siga contigo?

Por supuesto. Lo nuestro… ¿no crees que deberíamos conservarlo? ¿No es eso lo importante?

Romi apartó la vista. La verdad que no, dijo. Me parece que lo importante es la sinceridad.

Ya sé que piensas eso. Y por eso estaba tan segura de ti. Sobre todo lo que tenía que ver contigo.

¿A qué te refieres?

Bueno, estaba segura de que no me abandonarías, eso para empezar.

Romi hizo una mueca y pensé que iba a soltar una carcajada dolorosa, pero enseguida volvió a ponerse seria. Yo tampoco lo creía posible, dijo.

Es una locura lo segura que estaba. Lo que pasa es que confío en ti, o confiaba, muchísimo…

Porque soy de fiar, susurró Romi. No te…

No me toques, le pedí.

Empecé a recoger mis cosas. Aun cuando me apresuraba a marcharme, sentía el deseo intenso de amarla, era más fuerte de lo que había sentido desde nuestros primeros días juntas. Era imposible ignorar el grado de claridad que había en la habitación, como si oliera a pelo quemado. Nada me excitaba más que la revelación.

¿He hecho algo malo?, le pregunté. El torbellino de movimiento había desencadenado algo en mi mente. ¿Por eso has decidido dejarme? ¿Lo has adivinado?

¿De qué hablas?

De que a veces follo con hombres, le dije. De que me gustan los hombres.

Tú no tienes la culpa, Eve.

¿Qué quieres decir? ¿Sabes lo de…?

¿Que si sé qué? Romi me miraba. No sé de qué estás hablando.

¿No?

No. ¿Por qué me lo preguntas? ¿Te acuestas con alguien?

¿Lo imaginabas o es solo que te lo acabo de decir?

Pero entonces ¿por qué hablas de confianza? ¿Has estado liándote con alguien?

Me había puesto los pantalones cortos y tenía el bolso en la mano. Entorné los ojos por el sol. Su pelo refulgía como una lámpara.

Vamos, Romi, porque tú eres de fiar. ¿No acabas de decirlo? Eres buena persona. Se supone que debo confiar en ti. Tú me lo dijiste. ¡Trabajas con niños! Traes la cena cuando vuelves a casa del hospital, por el amor de Dios. Nunca…

Sé que me quieres, dijo Romi. O eso crees. Pero es como si pensaras que soy una especie de persona perfecta. Y no es así. Siempre tengo miedo de decepcionarte.

¿Te da miedo decepcionarme? ¿De eso se trata?

Romi se levantó y recogió los restos que había junto a la cama.

¿Y si se me olvida traerte un paraguas?, dijo. ¿Y si estoy cansada? ¿Y si, no sé, hay una semana en la que no soy la novia perfecta? ¿Qué pensarás entonces?

Acabas de decir que esas cosas no tienes ni que pensarlas, ¡que te salen solas!

Déjalo, dijo en voz baja. Estás aburrida de mí.

Pero ¿qué dices?

No quieres estarlo, pero es así. Piensas: *Bueno, ella es genial, nos queremos, cómo voy a aburrirme.* ¡Pero estás aburrida! ¿O no? ¿No es por eso que has hecho lo que quiera que hayas hecho?

No creía que te acabarías yendo.

Yo no creía que fueras a follarte a otros.

Sí, ¡me he follado a otros! ¡Pero tú también!

Yo no he follado… no he follado con nadie. Por favor. Yo no…

Ah, ¿no te la has follado? ¿Y entonces? ¿Os habéis estado echando el aliento en la cara diciéndoos lo mucho que os gustaría echar un polvo? ¿Es eso?

Por favor, Eve. Lo digo en serio. No me he acostado con nadie, no he hecho nada a escondidas, no he mentido. No te he traicionado.

Te lo estoy diciendo… Sé que es peor así, que es más fácil de digerir si ha pasado algo horrible, pero yo no…

Yo sí me he tirado a alguien, Romi, pero no me iría. Nunca.

Ella aplastó los envoltorios y los palos en el puño y se fue al cuarto de baño.

¿Qué te hace pensar que eso es mejor?, dijo desde la puerta. ¿Prefieres mentir? ¿Es lo que quieres ir haciendo por ahí, mentir y fingir? Oí que abría la ducha. Luego volvió a asomarse. ¿Es eso lo que quieres? ¿Te hace sentir bien, Eve?

Al menos tú no te consideras alguien de fiar, dijo Fatima. ¿No es extraño? ¿Que Romi se crea tan honesta y se haya estado acostando con otra?

Se ha enamorado de otra, la corregí. No sé si se han acostado. Seguramente no ha hecho nada malo.

Pero te ha dejado, insistió Fatima.

A mí no me parece extraño que Romi se considere una persona íntegra. Tiene toda la lógica. Por eso creí en ella, porque me hacía sentir centrada y segura de las cosas. Porque ella no se permite ninguna duda. Le desconcertó mucho que no confiara en ella, incluso mientras me decía que me dejaba. ¡Por otra! No podía concebir que ella pudiera ser mala persona en esa situación. Ni en ninguna otra.

Le estás dando demasiadas vueltas, dijo Fatima. La realidad es que no es quien creías que era. Punto.

Puede. Pero yo tampoco soy quien ella pensaba.

Vale, Eve. Las rupturas son así. Aprendes cosas, te cambia la vida.

Pero no he sido yo quien la ha cambiado.

No, te la han cambiado. Y para mejor, en mi opinión.

¿No te gusta Romi?

Yo no he dicho eso. No tengo ningún problema con ella. Pero

no me gusta todo ese rollo de que es un magnífico regalo para el mundo y que tú tienes suerte de lamerle los zapatos.

¡Pero es que es doctora, joder! Un auténtico ejemplo a seguir. Venga ya, tú nunca has tenido un novio tan bueno como Romi.

A mí eso no me importa lo más mínimo. No está bien pensar así de tu novia. Te arruina la vida. No me gusta verte así. Actuando como una mujer que vive por encima de sus posibilidades, siempre agradecida con Romi, siempre sorprendida de que aún te quiera.

Hubo lágrimas y sollozos, ataques de ansiedad en el asiento trasero de los taxis, noches en vela. Hizo mucho calor todo el mes, y la ciudad olía a carne y a cloaca. Fatima preparaba grandes jarras de té helado. Algunas tardes me despertaba aplicándome hielo en el cuello y en las orejas. A veces lograba convencerme para salir a fumar a los escalones de la entrada.

No me parece que tengas gran cosa aparte de dudas, me dijo mientras colocaba el cenicero entre las dos. Yo me reí, y la risa hizo que se me saltaran las lágrimas que se me agolpaban en los ojos. ¿No es agotador ser más lista que todos?

Unos días más tarde llegó una cajita violeta. Fatima me la trajo. Dentro había una joya larga y enmarañada que nos dejó de una pieza a las dos en medio de aquel sopor sudoroso. Al final, después de enroscarla tres veces alrededor de su cuello, Fatima dijo: ¡Ah! Creo que es un collar, pero para el cuerpo.

Una larga hilera de laminillas doradas unidas a una cadena central que, una vez desenredada, flotó entre mis pechos y se bifurcó en dos hilos iguales que caían sobre las caderas. Miramos el artilugio, suspendido sobre la camiseta sucia. Nos hizo reír por primera vez en días.

Hay una nota, dijo Fatima. ¿La has visto? *Feliz cumpleaños con retraso. Es un placer, N.* Volvió a reírse. Menudo es, ¿eh?

Por su tono supe que debería avergonzarme, pero en el fondo sentía asombro y gratitud por el hecho de seguir existiendo para alguien además de Fatima. Guardé la cadena en el cajón de la ropa interior y me olvidé de ella. Nathan era un espejismo de esperanza y vanidad, lujos que ya no podía permitirme.

Por las noches sentía la ausencia de Romi como una punzada en los músculos del pecho y los brazos. O tal vez no era su ausencia la que sentía, sino la pena de no saber si algún día llegaría a ser tan cariñosa y entregada como había sido ella. ¿Es posible cultivar un amor que no sea un cuestionamiento sobre tu persona? ¿En qué etapa de la vida es alguien capaz de eso? A falta de Romi habían caído todos los refugios, no solo aquellos en los que yo vivía sino todos los edificios del país, cualquier habitación con una temperatura agradable, y no volverían a erigirse en toda mi vida. Ella se había ido porque yo era egoísta: porque era incapaz de un amor generoso. La prueba era que le deseaba algo malo, aunque no demasiado malo. Por ejemplo que, cuando fuera a trabajar, el metro se quedara parado una hora en un túnel bajo el río. Y si en realidad no era tan buena como yo había imaginado, si era tan imperfecta como el resto de los mortales, ¿qué consuelo podía obtener de eso? Solo significaba el final de un sueño, un sueño de amor desinteresado.

Fatima dejaba en mi mesita de noche vasos de té helado y la condensación formaba manchas redondas en la madera. Una o dos veces al día me sentaba en la ducha bajo el agua tibia durante media hora. ¿Por qué había pensado en el amor que había sentido por Romi como un bien tan profundo? Ahora que mi amor carecía de objeto era consciente de él de un nuevo modo. Era mucho más grande de lo que había pensado —era inmenso—, lento y sensible, como una enorme criatura gelatinosa que flotaba a mi alrededor, chocaba contra el miedo, la duda o el narcisismo y rebotaba, ligeramente magullada, hasta llegar a un rincón más cómodo. Tenía que encontrar un lugar para ese amor, pero era demasiado grande, demasiado ajeno. Y, de todos modos, ¿de qué servía mi amor? Había mentido y confiado, a través de mentiras, en ser redimida. Lo bueno que pudiese crear en mí misma era irreconocible.

8

¿No es agradable?, preguntó Olivia. ¿Verse así, de manera tan normal, como si fuéramos personas corrientes?

Mantenía los brazos pegados al cuerpo mientras hablaba, como si le pusiera nerviosa estorbar a alguien, aunque el bar estaba prácticamente vacío. Era un lunes por la noche y habíamos quedado en el Upper East Side. Me había dicho que tenía que hacer un recado en esa zona después de trabajar.

Estoy muy contenta, dije yo. Sí que es agradable. Verte en el mundo real, a solas.

Nathan sugirió que lo hiciéramos de una vez. Me han concedido un aumento de sueldo, y me dijo: ¿Por qué no invitas a Eve a tomar algo?

Hacía dos semanas que Romi me había dejado. Me sentía como un trapo de cocina mojado que habían escurrido una y otra vez. El recordatorio de la presencia de Nathan y Olivia en mi vida —que no los había perdido al mismo tiempo que a Romi— fue una auténtica sorpresa. Más de lo que me merecía.

Olivia y yo pedimos unos cócteles de ginebra.

Tenemos los mismos gustos, me atreví a decir.

Ella se trenzaba el pelo en silencio.

145

Bueno, dije, ¿cómo estás?

He estado, yo qué sé, un poco nerviosa.

¿En el trabajo?

No. Con la pintura. Estoy montando una exposición. No es hasta el año que viene, pero ya sabes... Le enseñé algunos cuadros a Nathan, para saber su opinión. Y le gustaron, creo, pero... Hizo un pequeño gesto brusco y se derramó un poco de líquido en la mano. Lo paso muy mal cuando le enseño mis obras.

¿Por qué? ¿Es duro contigo?

No, claro que no. Es solo que es muy importante que las entienda.

¿Y no las entiende?

Es sincero, dijo al cabo de un rato. Creo que le gustan los cuadros, le parecen bien. Pero no se sumerge en ellos. Se mantiene a distancia. Y yo estoy muy acostumbrada a pensar que forma parte de ellos, porque lo tengo presente, ¿sabes?, porque lo pinto a él.

Nunca me ha dado la impresión de que el arte le interese tanto como a ti, dije. Puede que sea solo eso, que no es un experto.

Olivia dio un largo sorbo a su copa. Pero eso es lo que pasa con Nathan, dijo. Me ha sido de gran utilidad. A veces, ya sabes, si tiene el día bueno, me ayuda a salir del embotamiento... de una especie de hastío que me provoca la pintura cuando no sé adónde ir.

¿Y ahora no te está ayudando?

Se quedó callada, jugando con la servilleta.

¿Pasa algo?, pregunté. Cuéntame.

No pasa nada.

Bueno, él está involucrado en todo lo que haces, dije con delicadeza. Imagino que debe de ser difícil. Sobre todo sentir que se distancia.

Una mirada familiar, como si estuviera tragándose las palabras, pensándoselo mejor. Y de repente un rubor se propagó veloz por sus rasgos. Es que ha estado ocupado, dijo. Ya sabes cómo desaparece en ocasiones. Y lo he pasado un poco mal, últimamente. Pestañeó varias veces, como para aclararse la vista, y sacudió la cabeza sonriendo un poco. Oye, ¿y tú cómo estás? Cuéntame algo de tu vida, lo que sea. Siento que siempre nos estás interrogando.

Espero interrogar a Nathan más que a ti.

A él le encanta, dijo cariñosa.

Estoy bien, le dije. El verano tampoco ha sido fácil para mí, pero bueno.

¿Qué ha pasado?

Me quedé reflexionando unos instantes. ¿Qué problema había en contarle a Olivia algo de mi vida? En otro tiempo quizá hubiese temido que ella lo utilizara como arma arrojadiza en un momento de ira. Pero ahora estaba ahí, hablándome de sus cuadros, con lo poco dispuesta que había estado a ello antes. A lo mejor ayudaría a que confiara en mí.

Mi novia y yo rompimos. Hace unas semanas.

Olivia colocó las palmas sobre la mesa y empezó a amasar la madera con las yemas de los dedos. Cuánto lo siento, Eve. De verdad.

Gracias.

Dio un sorbo a su bebida y en lugar de mirarme clavó los ojos en la copa. Cuando alzó la vista tenía la expresión decidida que me había llamado la atención en nuestro primer encuentro, en diciembre.

¿Y cómo fue? ¿Cómo te sientes?, preguntó.

Sabía que no sería capaz de responder sin llorar, así que me quedé muy quieta.

Supongo que no es una buena pregunta, añadió. Perdona, sé que es horrible.

Pensándolo ahora, me digo que no debería haberme sorprendido tanto. Pero así fue. Me quedé de piedra.

Ay, Eve.

¿No es raro?, sacudí un poco la cabeza para reprimir las lágrimas y luego dije: ¿Has vivido alguna vez una ruptura que te sorprendiera mucho?

No. Aún no.

Olivia, dije, si vuestra relación se acabara algún día… si no te importa que te lo pregunte… ¿qué crees que ocurriría? ¿Lo has pensado?

Sí. Miró hacia abajo, a su copa. No tengo ni idea. Cuando pienso en ello es cuando empiezo a ponerme, ya sabes… un poco nerviosa.

Quería hablarle de las razones por las que creía que tenía que ser cuidadosa, de cómo a veces, incluso en ese otro mundo en el que los dedos de Nathan me rozaban solo en alguna ocasión, yo también sentía temor. Pero traté de escuchar, quería que confiara en mí. Alargué la mano hacia ella y la apoyé en la mesa.

Pero si terminara tendría que dejar mi trabajo, ¿sabes? Así es como acabaría. Y no quiero, de ninguna manera. Cuando te conocimos, y las cosas acababan de empezar entre nosotros, no le daba importancia a eso. Tengo la pintura, puedo trabajar en otras cosas, ¿no? Y tenía tantas ganas de follar con Nathan que hubiese hecho cualquier cosa por conseguirlo, te lo digo en serio, estaba como loca, me daba igual lo que pasara. De hecho, Olivia sonreía con timidez, hice una lista con todas las razones que él podría argumentar para rechazarme, con el fin de refutárselas.

¿Se la enseñaste?

No hasta un tiempo después.

¿Y ahora no estás tan segura de querer dejar tu trabajo?

No sé, dijo. En realidad no concibo la idea de que podamos terminar. Cuando lo hago, es como si… perdiera la percepción de las cosas. Me genera mucha ansiedad. Me agobia, ya sabes. Nathan tiene que ser muy firme conmigo, decirme que estoy loca, que no me preocupe. Y en esos momentos tan concretos, ya sabes, cuando estoy tan agobiada…

Hizo una pausa, cogió la copa y la volvió a dejar. Parecía sorprendida de estar admitiéndolo.

A veces, cuando estoy muy agobiada, me pongo furiosa con él. Casi lo odio. Imagínate. O lo odio de verdad. Porque todo es su... toda mi vida... Me parece que te conté que salí con un chico en la universidad. Se portó muy mal conmigo. Era cruel, me insultaba, me trataba fatal. No puedo explicártelo todo, pero, ¿sabes?, hay veces en las que realmente creo que eso me atrae... entregarme a alguien por completo... hasta consumirme, con sus propias reglas.

A alguien como Nathan.

Nadie es como él.

No, dije sonriendo para que siguiera.

Nathan no es así. Él se preocupa muchísimo. Pero es cierto que me entrego a él de un modo diferente... y que él puede hacer lo que le dé la gana conmigo, y todo lo que yo hago depende de él. Incluso en el trabajo. Me lo tomo muy en serio y me encanta trabajar con él, y por supuesto, si él quisiera que me fuera, tendría que irme.

Sentí una consideración cálida y lúcida por ella. Toda la carga de preocupación que recordaba haber sentido las primeras semanas, cuando intentaba diseccionar la relación entre ella y Nathan, se me acumulaba en la boca. La miré y aguardé. Si existía una manera de ser su amiga, pensé, renunciaría a Nathan igual de rápido que lo había encontrado; haría lo posible por traerla a un mundo más amable.

Pero ¿qué más esperaba que confesara?, ¿qué ayuda creía que pediría? ¿Acaso no había visto con mis propios ojos cómo había manipulado para entrar en la vida de Nathan? Ella no quería tener nada que ver con un mundo amable. Esa era mi fantasía, una fantasía en la que yo era inocente porque Olivia estaba a salvo.

Al fin dije: ¿No piensas nunca, no sé... en estar con él abiertamente?

No, no. Nunca.

¿Por qué no?

Bueno, no sé. No te sabría decir. Hace mucho que lo conozco. Olivia miró mi mano y sacudió la cabeza. Nathan es tremendamente generoso, ¿sabes?, paciente. Y me ha mostrado qué clase de persona quiero ser. Antes… Tú no me conocías, pero antes de empezar con él yo no estaba igual de viva. Creía que sí, pero era un chiste. Ahora me pongo nerviosa cuando le enseño mis cuadros porque me identifico con ellos: mi pintura muestra quién soy cuando estoy sola. Y gira en torno a él, naturalmente. En torno a esta historia arrolladora que ha sobrepasado mi vida. Estar con él. Por eso no quería hablar contigo de los cuadros que viste. Porque a veces tú dices esas cosas… sobre cómo soy con él… que me obligan a hacerme preguntas, me hacen ver las cosas con Nathan de un modo completamente distinto. Me importa lo que piensas. Pero yo no…

¿Qué?

Tu manera de ver las cosas…

Nathan, dije.

Me sorprendió verlo aparecer detrás de Olivia, sonriendo ligeramente. Se quitó la chaqueta.

Hola, saludé. ¿Qué haces aquí?

Qué alegría verte, Eve. Hola, Olivia. ¿Queréis otra copa?

Sí, gracias, dijo ella.

Nathan arrastró una tercera silla para dejar su chaqueta y se fue a la barra.

Qué rabia me da, dijo Olivia. No sabía que se presentaría tan pronto. Me lanzó una sonrisa pícara. Me sentí como una colegiala con su nueva mejor amiga, planeando robar brillos labiales después de clase.

Ah, entonces ¿te gusta estar a solas conmigo?

Sí. Ahora me fastidia no poder hablar contigo.

Claro que puedes, dije. A mí me encanta charlar contigo. Me estabas hablando de la manera en que veo las cosas. Te molesta.

No, dijo, no me molesta. En realidad… me interesa. Pero no hace falta que…

¿La compartimos, Eve?, preguntó Nathan. Se sentó y dejó una copa delante de Olivia y la otra entre nosotros dos.

¿Qué haces aquí tan temprano?, preguntó ella.

Mira, ni siquiera se alegra de verme, me dijo Nathan.

Pero yo sí, comenté. Era verdad. Mi corazón y mi sexo corrían en círculos, desconcertados, uno alrededor del otro al ver sus manos, su rostro distraído mientras terminaba de escribir un mensaje en el móvil y lo volvía a guardar en el bolsillo. Sabía que estaba dejando de lado a Olivia —incluso me había vuelto hacia él con una sonrisa—, pero no podía evitarlo. Me coloqué el pelo detrás de la oreja y esperé a que me fulminara.

Podía mirar a Nathan y a Olivia en la cama, pero ver cómo se besaban me revolvía el estómago. Nathan lo hacía con pericia, capaz de ejercer un suave control. Cuando se besaban, ella suplicaba y él era infinitamente misericordioso. Él siempre estaba encima de ella, sujetándole la cabeza, guiándola con suavidad hacia él.

Oí que la voz de Olivia interrumpía el beso: ¿Apagas la luz, por favor?

Fui hasta la puerta y busqué el interruptor. Ella estaba en su regazo en el sofá, con el rostro contra su pecho, y él la sujetaba con la mano en la nuca. Era impresionante cómo lo amaba, cómo estar echada sobre él parecía desarmarla. Mientras él le masajeaba el cuello, escapaban de ella suaves gemidos como susurros. Las lámparas de banquero derramaban una luz amarillenta, aunque sus pequeñas tulipas rectangulares eran de un verde chillón. Me recordaban cómo me sentía en las bibliotecas: veloz, asombrada, consciente de que ese nivel de conocimiento era una libertad tan grande que la habría puesto en duda si no hubiera nacido dentro de su refugio público. En una mesita junto a nuestras copas medio vacías había dos ejemplares gruesos de *Sobre los artistas*, de John Berger.

Ven a sentarte con nosotros, dijo Nathan.

Nunca me sentía más extraña que en los momentos en que intentaba conceder privacidad a Olivia en su amor transparente y Nathan veía que yo necesitaba confianza. No quería necesitarla, pero mi gratitud hacia él amenazaba mi claridad. Mientras él estaba de cara a Olivia, yo contaba con una distancia pequeña pero valiosa. Veía el poder que encerraba su cuerpo. Pero cuando el rayo de su atención recaía sobre mí solo era capaz de percibir la fuerza de su control, una luna enfática que me encontraba dondequiera que estuviese.

Esa noche Nathan llevaba unas gafas que no le había visto antes, estrechas y sin montura, de esas que casi no se ven. Le conferían un aspecto cansado. Enderezó un poco a Olivia para poder rodearme la cintura. Yo estaba sentada con las piernas cruzadas, de cara a él. A veces olvidaba que también era un hombre deseante, un agente con vida y deseos propios que estaba hecho de manera imperfecta. Con su manera de hablar y abrazarme me convencía de que cada momento estaba expresamente diseñado para la variedad de mis placeres, los míos y los de Olivia. Se fijó en mis piernas cruzadas y el modo en que apoyaba el codo en el respaldo del sofá para parecer cómoda e interesada. Vi un atisbo de sonrisa: mis esfuerzos le hacían gracia.

Para entonces me sentía tan desarmada que cuando él me miraba no solo estaba satisfecha, sino también desconcertada. ¿No era auténtico su deseo?, ¿respondía únicamente a mis expectativas? No era del todo altruista: había algo que él disfrutaba. Pero ¿era el sexo en sí o la facilidad con que me manipulaba?

Follamos de la manera absorbente en que a veces lo hacíamos: sin hablar, siguiendo las instrucciones de Nathan. Por la forma de mi cuerpo, él sabía con precisión cuándo me sentía completamente indefensa ante él. Temblaba. Cuando percibía que iba a correrme de manera violenta, se apartaba de mí con brusquedad y en la otra punta del sofá colocaba a Olivia frente a él.

Yo gruñía, sacudía las piernas. En esos momentos la odiaba. Me ponía furiosa la precisión del control de Nathan, cómo gozaba con la certeza de su poder incluso más que ofreciendo placer. En cuanto él la tocaba, Olivia se deshacía dócil, en calma. No, no quería que se alejara de mí, como si pasara de algo reluciente a algo profundo. Había disfrutado de ser solo una belleza para él, pero ahora me dolía recordar que eso es lo único que era. ¿Se comportaba así conmigo porque no aceptaba la sumisión que Olivia asumía con tanta facilidad, porque no dejaba que me pegara, porque seguía protegiéndome por instinto?

Observé a Olivia de cerca. En mi caso no importaba cómo planeara ofrecerle mi cuerpo a Nathan, en el momento en que él se inclinaba sobre mí, mi energía se desbordaba, impetuosa y terrible, y agitaba mi respiración y mis órganos. Me sentía sacudida por el deseo a medida que me atravesaba. Pero el deseo de Olivia era regular y puro. Cuando le pegaba, ella se arqueaba y absorbía el golpe como el mar absorbe la lluvia. Era como una breve llamada a las vastas profundidades ocultas en su cuerpo. El propósito se adueñaba de ella con el toque de Nathan: su cuerpo se calmaba, se la veía completa. Segura. ¿Era amor?

Fue al tocarla cuando sentí que el deseo y la ansiedad de Olivia estaban atados. Mientras hacía terminar a Nathan en su boca, me arrodillé detrás de ella y deslicé mis dedos por su fina espalda, sus pecosas caderas. Su piel refulgía de un blanco fosforescente. Separó las rodillas para hacerme espacio y sentí la urgencia y la incomodidad en sus piernas, moviéndose para encontrar la postura adecuada una, dos veces. Sentía avidez por mi mano, pero era una avidez casi resentida. Mientras le metía el dedo, tuve la sensación de que ella fingía su buena disposición con los movimientos justos que exigían las formas. Y entonces, de golpe, su deseo empezó a parecer real: sorprendido, incluso reticente. No logré sumergirla a fondo en él como Nathan hacía conmigo. Aun así, disfruté su sorpresa. *Muchas veces cuando te corres, para ti es una sorpresa total*, recordé que él me decía, con aprobación, como si mi naturalidad me convirtiera en una mujer en toda regla.

La atmósfera era pesada cuando Nathan se corrió. Olivia exudaba ternura y yo me sentía extraña, reducida a un cuerpo que había dado todo lo que había podido. Mi ternura no les servía. Era inútil para ellos, e inútil para Romi. Lo disimulé como pude.

Opté por el papel de chica consentida y eso me concedió algo de dignidad.

Me has dejado colgada, dije.

Sí.

Me gusta cuando te hace eso.

Nathan se pasó la mano por la cara. Se quitó las gafas y se frotó los ojos.

El trabajo ha sido intenso esta semana. Perdóname.

Rellené las copas en la mesa. La botella se había calentado.

¿Va todo bien?

Sí, sí, dijo Nathan. Solo que estamos organizando un viaje. De trabajo, a Londres. Abriremos una oficina para llevar los activos del Reino Unido. Pero Olivia está dolida, dijo sonriéndole con cansancio, porque ella no va.

¿Por qué no?

Su trabajo no es relevante allí.

Podría ser de utilidad.

No podemos gastar cinco mil dólares para que venga, me dijo Nathan, cuando sencillamente no se la necesita. Solo serían unas vacaciones para ella.

Y para ti, dijo Olivia.

Dudé por unos instantes. ¿Cuál era el límite de lo que podía decirles? ¿Hasta qué punto disfrutaban de mi desdén ocasional, de la manera en que me gustaba fingir que me repugnaban, como yo deseaba que fuese?

Pero ¿no es cierto que en realidad no tenéis necesidad de hacer nada de lo que hacéis?, pregunté. Quiero decir, ¿alguien va a notar que gastáis cinco mil dólares de más en un viaje? ¿No consiste vuestro trabajo en intentar averiguar qué hacer con el exceso de dinero?

No existe tal cosa, el exceso de dinero, dijo Nathan.

Llevar a Olivia a un viaje de negocios no puede ser más inmoral que la mitad de las otras mierdas que hacéis.

¿Qué crees que hacemos, Eve?, preguntó Nathan. Me interesa.

No lo sé. Despilfarrar en abogados. En inversores, galeristas, subastadores. Crear fondos. Idear estrategias para evadir impuestos. ¿Me acerco?

¿Y tú a qué te dedicabas?, dijo Olivia.

Vete a la mierda.

No lo digo para joderte. Su tono recordaba asombrosamente al de Nathan. No me estoy metiendo con tu trabajo. Cada uno puede hacer lo que quiera, lo que le vaya bien, no tengo ningún interés en poner pegas ni nada. Pero, mira, con esto no tengo demasiada paciencia. Con que me critiquen por ponerle ganas a las cosas, por intentar solucionar problemas, y menos que lo haga alguien que no quiere acercarse a nada complejo ni sucio. Conozco a mucha gente como tú. He salido con ellas. Lo único que quieres es no ensuciarte las manos.

No hay nada noble en cómo me gano la vida, dije. Y sí, todos estamos implicados de una manera u otra. Pero estás mezclando cosas muy distintas. Sí que hay trabajos que no implican ir tirando el dinero por ahí y jugar a ser Dios.

¿A qué deberíamos dedicarnos?, preguntó Nathan.

Lo único que digo es que existen trabajos así. Tenéis formación de sobra.

¿A qué deberíamos dedicarnos?, repitió.

Bueno, mi novia era... es... pediatra. Eso es bastante noble, joder.

Hablando de jugar a ser Dios, dijo Olivia en voz baja, con los ojos clavados en la pared. Nathan se rio.

Eve, venga, que tú eres más lista, dijo él. Hay maneras de pasar la vida que valen la pena, relacionadas o no con una carrera profesional, y un montón de trabajos «nobles». Pero ya sabes que esas ocupaciones de las que presume la gente... los médicos, los jueces, los filántropos, son una falacia. Les importa más el prestigio que cualquier bien moral que puedan hacer. ¿O no? Por cualquier puesto prestigioso como ese, que esté bien pagado en un buen hospital, sea cual sea, hay cientos de personas que darían lo que fuese por hacer lo mismo, probablemente capaces de desempeñar el puesto igual de bien. Y si tú estás haciendo ese trabajo, en lo alto de la cadena alimentaria de las hermanitas de la caridad, es casi seguro que tuviste ventajas. Nathan sonrió. Deberías animarnos a ser profesores o trabajadores sociales. A trabajar en cosas que la gente necesita de verdad.

Cierto, dije. ¿Por qué no te haces profesor o trabajador social?

Ya di clases, respondió Nathan, encogiéndose de hombros en plan evasivo.

¿De qué?

Dio clases de arte después de graduarse, dijo Olivia. Antes de decidir que tenía planes más importantes.

Liv, no vas a venir de viaje esta vez, así de simple.

Eve, creo que deberías decirle a Nathan que no está siendo justo. Que tú opinas que debería llevarme.

Sentí todo el encanto de Olivia después de su irritación, su sonrisa, con las mejillas rosadas, era una invitación. Reconocí esa mirada, solía dirigírsela a Nathan. Carecía por completo de la despreocupación de él; la gracia estaba en la aceleración de su voz, en su repentina decisión. Cuánto afecto sentí por ambos en ese momento, a pesar de la naturaleza de la charla: Olivia me ofrecía una rama de olivo y Nathan, con dulzura, imaginaba que quizá me daba miedo elegir bando. Ardí de vergüenza al recordar la escena en el bar de hacía solo unas horas, cuando mi coño se había abierto con solo verle las manos.

Vamos, le dijo Nathan a Olivia. ¿Vas a intimidar a Eve hasta que se ponga de tu parte?

Ya está de mi parte. Yo debería ir. Eve está de acuerdo, ¿a que sí?

De hecho, ahora podrías demandarlo, dije. ¿No crees que puedes sacar tajada de la situación? Es tu jefe, folla contigo y luego…

Yo nunca demandaría a Nathan. Es absurdo. Olivia se sonrojó.

Si lo hicieras, continué, podrías pedirme que me presentara como testigo, no lo dudes. Te lo digo en serio.

Me reí para demostrarles que no quería hacerles ningún daño, pero no aparté la mirada de Olivia. El azote del peligro me recorrió la nuca. Le había mostrado que comprendía lo que estaba en juego, que cuando sucediera no vacilaría.

Olivia nunca me pondría una demanda, dijo Nathan. Si creyera que fuese a hacerlo, yo la demandaría primero. Sí, Liv, ¡porque tú me sedujiste! Es cierto. Tendrías que decirlo bajo juramento.

Estoy segura de que eso no tiene ninguna importancia, teniendo en cuenta que trabaja para ti.

Yo nunca demandaría a Nathan, volvió a decir ella. ¿Cómo se te ocurre eso?

Nathan, ella trabaja para ti.

Por Dios, dijo él, no lo entiendes.

Ya, ya, dije, seguro que no.

Sinceramente, dijo Olivia, esto me parece muy infantil. Dejó la copa. En serio. No es algo tan obvio como crees… Aquí no se pueden aplicar las reglas. Sí, trabajamos juntos. Y veo por qué eso puede suponer un problema, por qué la gente se preocupa por cosas así. Pero el trabajo se alimenta del sexo y el sexo del trabajo. Eso es lo que lo convierte en un buen puesto, o por lo menos lo que lo hace interesante. No tengo por qué justificarme ante ti, pero la intimidad da su propio fruto, un fruto particular. Es ridículo pensar que los límites entre el trabajo y la vida son obvios. O útiles. Nadie piensa en el círculo de Bloomsbury y dice: *Vaya error, no deberían haber follado entre ellos, Keynes, Woolf y Leonard, ¿verdad?* Mira, ya sé que yo no soy Virginia Woolf, no digo eso, pero mi obra ha adquirido mayor profundidad, estar con Nathan me inspira, me ha dado muchas cosas que quiero expresar. Por fin voy a montar una exposición. El año que viene. No hace falta que te lo diga, pero tu manera de pensar es provinciana. No es real.

Noté que se desvanecía la poca complicidad que Olivia me había ofrecido en el bar.

A lo mejor eso es una verdad a medias, le dije. Pero, oye, aquí el que tiene todo el poder es Nathan. Eso tienes que admitirlo. Tú disfrutas de estar por debajo, de trabajar a sus órdenes.

Por supuesto, dijo Nathan, pero es algo que acordamos. Tus escrúpulos… son muy aburridos. No tienen nada que ver con nosotros.

Mira, le dije a Olivia, nosotras somos *queer*. Y aun así estamos aquí. Yo trato de entender por qué quiero esto.

Olivia frunció el ceño. ¿Con Nathan?

Por supuesto, tú tienes esta… seguridad incomparable, le dije a Nathan. Una seguridad aplastante, pero la manera en que la usas… es coercitiva. Nathan se rio. No digo que yo no lo haya deseado todo. Sí. Me encanta. Sabes que me encanta. Pero tú nos coaccionas. Hasta el último momento.

No, dijo Nathan. Simplemente sé qué quieres.

¿Te acuerdas de la primera vez que me convenciste para no usar condón? Estabas a punto de follarme y yo te dije: *¿Tienes un condón?* Y tú no dejabas de preguntar: *¿En serio quieres que me lo ponga? ¿En serio lo quieres?*, hasta que…

No querías que me lo pusiera, dijo.

Te lo pedí…

Dímelo con sinceridad, dijo Nathan. ¿No es verdad que no querías que me lo pusiera?

Te pedí que lo hicieras.

Eve, dijo Nathan, ¿no era eso lo que querías?

Sí, dije en voz baja.

¿No es verdad que no querías que usara condón?

Sí.

¿No te gustó eso?, ¿que yo insistiera?

Sí.

Querías que fuese exactamente así.

Sí, respondí. Pensé que iba a romper a llorar. La verdad resultaba deprimente, intolerable, delirante.

Lo sé, dijo Nathan. Lo sabía. No es coacción, en absoluto. Ni lo más mínimo. Sé lo que quieres y te lo doy. Eres diferente a Olivia, lo que deseas es diferente, es algo que asoma a la superficie. Te asusta, pero yo lo percibo. Y eso es lo que hice.

Odié que hablara de mí de esa manera, y aun así me levantó el espíritu con sus palabras. Las reconocí del mismo modo que reconocía el amor o la música, esas semillas que calan tanto en tu interior que negarlas sería una herejía. Lo odiaba y le estaba agradecida por decirme lo que no estaba dispuesta a nombrar, porque necesitaba nombrarlo, quería ponerlo en un cuenco sobre una mesa para que por fin pudiera consagrarse o destruirse.

Hay determinadas cosas que percibo, dijo Nathan. Cuando follas pueden pasar dos cosas. O bien tienes que forzarlo, hacer que suceda, o bien, y eso es lo que a mí me interesa, es completamente involuntario, sin que seas consciente de ello, y sucede hagas lo que hagas. Es absoluto. Al cornudo en realidad no le gusta que le pongan los cuernos, es humillante, le arruina la vida. Pero si lo presenciara se correría involuntariamente. No podría evitarlo de ninguna manera, se correría incluso en contra de su voluntad. Cuando te follé por primera vez... lo sabes... fue así.

Pensé en las conversaciones que tenía con Fatima cuando me preguntaba cómo era estar con Nathan y Olivia. *Es desconcertante,* le había dicho. *Hago cosas que me parecen increíbles, sé que son ridículas o me avergüenzan. ¡Hasta empiezo a odiar a Olivia! Y luego quiero más.*

No podemos hablar de este tipo de cosas sin tapujos, dijo Nathan. No se pueden dejar al descubierto. Se puede estropear.

Nathan siempre es así, dijo Olivia. Su voz me sorprendió. Hasta ese momento casi no me había fijado en su presencia vigilante. Él funciona como si fuese el propietario. Pero podemos perdonarlo porque se le da muy bien.

La mayoría de las personas son insoportables, dijo Nathan. Hablar con ellas resulta tedioso. No llegas a saber quiénes son en absoluto. En el mejor de los casos reciclan frases que han leído en *The Atlantic,* y en el peor, en el *Post.* No son sinceras, no saben lo que hacen, se han limitado a recoger todas esas pequeñas señales sobre cómo hay que actuar. Pero al follar, todo el mundo es interesante. Todos. Olivia, ¿tienes mi tabaco?

Ella cogió su bolso y rebuscó en el interior.

No me refiero a perversiones ni nada por el estilo, continuó Nathan. Gracias, Liv. Nada tan directo. A lo que me refiero es que cuando alguien folla, en la mayoría de los casos, pone en marcha una categoría limitada de experiencia y lenguaje. La primera vez que follas con alguien, hace lo que cree que debe hacer, pero en realidad no tiene ni idea de qué debería hacer. Tiene mucha menos experiencia en eso que en hablar. Y la variedad de cosas que son aceptables o excitantes es mucho más amplia. Así que cuenta con un reducido léxico sobre cómo debería comportarse, aunque no está seguro, y ni de lejos suele tener tanta práctica como en darse el farol. Todo es interesante, porque las cosas que alguien piensa que debería hacer son fascinantes… sorprendentemente específicas, no es un lenguaje universal… y luego, una vez descubres lo que quiere de verdad, es muy bonito. Ambos elementos, y también el contraste entre ellos, sea cual sea la brecha.

Miré a Olivia. Resplandecía. En la pausa que siguió a la conversación se acercó a encenderle el pitillo a Nathan y después dejó el mechero en su regazo, quitándole distraída la etiqueta del precio.

A Nathan le interesa todo el mundo, dijo. Hasta la gente más aburrida y egocéntrica. Es pura generosidad, eso es lo que es, una generosidad y un interés ilimitados. Salvo en una conversación de una cena, claro, añadió mientras Nathan sonreía.

Como esa chica con la que quedé el mes pasado, dijo él, tirando la ceniza en una taza de la mesita. Jenny. ¿Verdad, Liv? Vaya muermo. Le gusta ser abyecta, siempre está arrodillándose. Pero no se la puede llevar a cenar.

¿Nota que no la respetas?, pregunté.

Sí.

¿Y crees que le gusta?

¡Sí!, dijo Nathan. Que si le gusta… eso es lo divertido de la situación. ¿Cuántas veces tengo que decirte que no soy un sádico?

Vale, le dije, si ya sabes que me gusta esa brecha entre lo que crees que deberías hacer o desear, sea lo que sea, y lo que quieres en realidad. Me encanta que puedas descubrirlo. De hecho, quiero que me expliques qué es en mi caso. Solo… dímelo.

Como decía antes, puede estropear las cosas.

No se estropeará nada. No es un puto truco de magia. Necesito saberlo.

Pero eso es exactamente lo que es, un truco de magia. No puedes desvelarlo. Se desvanecería.

Tenía miedo, pero era un miedo como el del matrimonio o el arrebato: un temor complejo que pide ser superado.

Dímelo, dije. Necesito saberlo y lidiar con ello.

No es algo con lo que se pueda lidiar. Cogió sus gafas de la mesa y se las puso. No es tan sencillo. Ya lo sabes. No puedo mirarte, ni a ti ni a nadie, y sintetizar tu sexualidad en un par de párrafos. De manera sucinta y clara. Se me da mejor que a la mayoría, pero no se puede hacer: es por eso que las personas son interesantes desde el punto de vista sexual incluso cuando no lo son en otros aspectos. No solemos profundizar en estas cosas como en todo lo demás en la vida cotidiana. Tenemos ideas pero no hemos tenido la oportunidad de confirmarlas o comprenderlas adecuadamente. No se puede hacer un mapa.

Nathan, empecé, ¿por qué no me dices lo que es, sea cual sea tu teoría acerca de mi sexualidad? Sé que la tienes. No arruinaría nada. Yo tengo mis propias ideas, solo quiero saber lo que piensas.

No sirve de nada hacer esto, dijo. Las cosas no se pueden reducir y analizar. ¿Por qué quieres cargártelo?

¡Que me lo digas, joder!

Eres distinta a Olivia, dijo Nathan. Aunque te gusten algunas de las mismas cosas. A ella no le asusta lo que desea. Lo persigue hasta el final. Se hunde en ello todo lo posible.

Olivia estaba sentada en la otra punta del sofá, toqueteándose el pelo. Tenía los ojos clavados en Nathan y las rodillas pegadas al pecho.

¿Y a mí qué me asusta?

Acabas de mirar a Olivia, señaló Nathan. La miras todo el tiempo. ¿Lo sabes? Porque te da miedo que te juzgue, o sus sentimientos, lo que sea. Pero ella lo ha visto todo. Me ha visto follarte. Lo sabe.

Lo sé, dije.

Para empezar, tienes una fantasía de violación muy clara.

Que te jodan.

Te asusta demasiado para acercarte a ella, dijo Nathan. La violación. La sumisión. Te provoca mucha ansiedad. La superficie.

¿Mientras que Olivia está completamente cómoda con el hecho de querer ser humillada?

La comodidad no tiene nada que ver, Eve, dijo Nathan. Mira a Olivia. ¿Te parece que está cómoda? No está cómoda con nada. Ni un segundo. La comodidad no tiene absolutamente nada que ver con el sexo, ¿lo entiendes?

¡Pero ella no odia lo que desea!, dije. ¡No te odia a ti!

Tú no me odias.

Debería. ¿No has estado liándome todo este tiempo? ¿No has estado...?

Provocarte no es lo mismo que violarte.

Espero que no pienses que has estropeado nada al decirme lo que deseo.

No, qué va, dijo él a la ligera, como si le hubiera pedido que sujetara la puerta. Si no estuviera tan cansado, volvería a follarte.

Me vestí deprisa, convencida de que era el momento de irme. Era consciente de la facilidad con la que perdería la perspectiva y me diluiría en su autoridad. Había olvidado que Olivia estaba allí, y me arrepentía de haber hablado de su deseo, aunque fuese tan obvio. Algo se había desatado en mí. La ausencia de Romi me había vuelto inestable. Cuando me levanté, Nathan se rio.

¿De qué te ríes?

Me río de cómo te vas siempre, dijo Nathan. Es muy gracioso. Porque se nota que te quieres quedar.

Es solo que no quiero ser pesada.

Siempre tan vulnerable, dijo él. Te vas en el momento en que estás más vulnerable.

De entre todas las cosas, esa me dejó hecha polvo. Ni una sola de las horas de mi vida dedicadas a convertirme en una mujer que se mantenía firme, que entraba y salía de los sitios cuando quería, tenía el menor peso.

¿Debería quedarme?, pregunté.

Cuando llegue el momento de irte, te lo haré saber. Ven a sentarte.

Sentí un alivio casi doloroso. Mi cuerpo solo sabía cómo aferrarse a sí mismo, cómo permanecer despierto y respirar. Yo era la identidad en que me habían convertido sus palabras —*fantasía de violación, siempre tan vulnerable*—, despojada de mis falsas ilusiones y mis defensas. De inmediato estaba mojada. Nathan puso la mano en mi muslo, y cada vez que lo veía mirándome, me brotaba la respiración del vientre, rápida e incontrolada. Solo podía taparme la boca y dejar los ojos cerrados. La mano de Nathan se movía por debajo de mi camisa y la sentí palpando con rapidez mientras mis costillas subían y bajaban. Oí un sonido húmedo: la boca de Olivia. No podía abrir los ojos ante él, mis párpados eran mi única protección.

¿Quieres que te folle?, preguntó Nathan.

Yo quería llorar; lloraría o le patearía si seguía jugando conmigo. Si no me follaba, me desintegraría. Solo podía gimotear. Me sentía humillada, desesperada, no sabía cómo moverme, solo estaba en la penumbra de su mano.

Sí, dijo Nathan. Me envolvía, sus manos rodeaban mi cintura, nuestras rodillas se entrelazaban. Sí, sí, dijo. Hablaba muy bajito, un murmullo, una letra, como arrancando el sonido de mis mejillas. Sí, sí. Era yo quien decía que sí, él lo verbalizaba por mí porque yo no podía confiar en mi boca. Cuando me penetró, mis caderas se elevaron para engullirlo, y solté el aire. Estaba exhausta. Había un ligero tintineo festivo de cristal: en la mesita, los labios de nuestras copas se besaban con el movimiento del sofá. El mundo entero estaba condensado en ese sonido. Lo recordé de pronto. Park Avenue, copas y cuencos, taxis girando por la Ochenta y tres, debajo de nosotros, en el silencio nocturno, obedeciendo la hora. Nuestros ríos imperecederos moviéndose vastamente a mi alrededor hasta cuando yo me olvidaba de ellos.

¿No quieres que me corra dentro de ti?, preguntó la voz de Nathan. ¿Te gustaría?

Exhalé. Yo era un cable flotando a oscuras.

Sí que le gusta. Me lo dijo.

Inspiré.

¿Te gustaría, Eve?

Sí.

¿Quieres que se corra dentro de ti?, preguntó la voz de Olivia.

Es tuyo.

Déjate de tonterías, dijo Nathan.

Reconócelo, dijo Olivia.

¡Reconócelo!

Sí.

¿Lo deseas? Dilo.

Lo deseo.

No, no lo hagas. Me pondré muy celosa.

Liv, lo quiero así.

No, Nathan, por favor…

Liv, lo quiero así.

Está bien, dijo Olivia con la voz que usaba para una conversación de cóctel. Una voz que no estaba segura de su realidad.

Mi cuerpo trascendía a mi control, pero era como si las palabras tuviesen importancia. Las pronuncié como si la respuesta tuviese importancia.

¿Estás segura?, pregunté.

Sí.

¿Estás segura, Olivia?

Lo está, dijo Nathan.

Cuando Nathan se corrió, empecé a forcejear con él. Le pegué con los nudillos en el pecho y empujé las rodillas contra su barriga. Eres gilipollas, le dije.

Nathan sonrió y levantó las caderas. Le pegué una y otra vez. Sus brazos me sujetaban mientras inclinaba la cabeza sobre mi pecho. Su polla no era más que una sombra medio flácida refugiada entre sus piernas, pero se mantuvo fuerte encima de mí, en silencio, moviéndose incesantemente arriba y abajo, pegado a mi clítoris mientras yo me revolvía. ¡Que te jodan!, grité. El gusano de su polla estaba cálido y sentí, por increíble que parezca, como si tuviera que acogerlo dentro de mí otra vez. Él no dejaba de moverse. Que te jodan. Subió la cabeza para apoyarla contra la mía, nuestras orejas se tocaban. Se me mojó el pelo con su sudor. Yo le golpeaba con las pantorrillas, intenté volver a llevar las rodillas hasta su pecho, pero mis brazos tiraban de sus caderas hacía mí como una cura. Se sostenía apenas separado de mí. Estaba tan sudado que yo no podía hacer palanca. Olía a regaliz amargo, a tierra, a esfuerzo, todo lo contrario a Romi. La polla de Romi estaba ahí, detrás de mis ojos, le colgaba por debajo del ombligo a media tarde, los ribetes de sol en la punta lisa, sus muslos de vello rubio y fino. Nathan no dejaba de sacudirse, inmune a mi odio o a mi deseo. Yo estaba obnubilada y era incapaz de pararlo. Sin aquiescencia, sin deseo seductor, solo rabia, solo dolor: puso los labios en mi cuello y sentí la punta caliente de su lengua. ¡Que te den!, dije. Lo empujé hacia arriba y la punta de su polla me penetró con suavidad, como un pulgar hinchado, luego desapareció.

Me liberé de él y me senté en el borde del sofá. Mi cuerpo hervía y brillaba de rabia. Era extrañísimo actuar igual que me sentía, mi alma en éxtasis, tan limpia y verdadera como cuando le espeté a Romi que la quería. Yo era un recipiente perfecto, vacío. Detrás de mí oí que murmuraban entre ellos. Salí de la habitación hasta el vestíbulo oscurecido. Una luz tenue enmarcaba el umbral. Desde dentro me llegó, débilmente, el suave graznido amoroso de Olivia. Era una salida fácil: imaginar que era a Nathan a quien odiaba, que yo era una persona que se sentía degradada en vez de glorificada por el sexo de Nathan. No era tan distinta a Olivia. Nunca terminaría con Nathan por propia voluntad.

9

En North Slope había un solar grande, vacío y cubierto de vegetación entre dos casas de piedra rojiza. Me gustaba pararme enfrente. La hierba llegaba a la altura de la cintura. Entre los arbustos silvestres emergían planchas flotantes de hormigón y herramientas con los mangos pintados de rojo, como si fuera una granja. Desde Grand Army Plaza veía los coches aparcados al otro lado, en la Octava Avenida, y por encima de ellos el cielo hacia el oeste. Al final del verano en Brooklyn el aire era de un azul amable, que se volvía más verde a medida que avanzaba, como si la brisa se precipitara por las puertas del parque y lo transformara todo en exuberante y fragante. Me sentaba en el murete que había frente al solar, fumando o sin fumar, mientras la luz se filtraba del cielo a la tierra. No pensaba enviarle un mensaje.

No pensaba enviarle un mensaje. Lo había decidido. Pero cada vez que miraba el móvil esperaba que él lo hubiera hecho: no importaba que en las semanas transcurridas desde que me había ido de su apartamento su nombre no hubiese aparecido en la pantalla ni una vez. Y si me enviaba un mensaje, me daría el gusto de ignorarlo. No tenía ningún motivo para verlo. Solo era un juguete para él, un juguete que terminaría aplastado bajo sus pies.

Luego, cada vez que me permitía fumar un pitillo enfrente del solar vacío, al encender el mechero, pensaba: *En cuanto me dé la gana, puedo abandonar la fiesta y saltar a la vida real.* Vale, en teoría no debería querer verlo, pero esa no era la vida real, ¿o sí? La vida real no era la vida de Nathan, pero tampoco lo era ese retorno a la abnegación. ¿Había intuido alguien mis necesidades o las había satisfecho como lo había hecho Nathan? Con él podía admitir hasta dónde llegaban mis dudas, la parte de mí que lo odiaba y se regodeaba en mi propio odio como si fuera la prueba de algo exigente y noble. Era reconfortante decir que amaba aquello que Nathan me proporcionaba y no al hombre en sí. Pero ¿no era esa la naturaleza de todo amor? ¿La gratitud por cómo nos habían hecho sentir?

Me pregunté si lo vería, lancé una moneda al aire: cara sería que no, y cruz que sí. Cuando la moneda cayó de cara me desesperé por una fracción de segundo, pero luego me di cuenta de que yo era libre: lo vería, lo vería pasara lo que pasara. El cuenco volvió a aparecer en la periferia de mi visión. El cuenco vivía en el apartamento de Nathan, en habitaciones que él frecuentaba. Podía olvidarlo mientras hacía la compra y enviaba cartas. Su presencia era como un escozor o una tarea que había evitado durante muchos meses y se había convertido en descomunal y acusatoria. En mis sueños siempre estaba detrás de mí: veía apenas su color y su textura, y entre las sábanas mi cuerpo se revolvía y se estiraba.

Resistí otro mes hasta que le envié un mensaje. Era la primera vez que solicitaba verlo. A Nathan le gustó. Le gustaba el cambio, pensé; le gustaba ver que algo se movía, crecía, se rehacía bajo su yugo. *Eres insaciable, ¿eh?*

En octubre vino a mi apartamento. Al oír sus zapatos por las escaleras mientras lo esperaba en la puerta, supe con una punzada que esa era mi vida real, que lo sería en cuanto él cruzara la puerta. Nathan dejaría de estar limitado a esos lugares que yo recordaba únicamente porque él los había proporcionado. A partir de ahora, cuando evocara lo que había ocurrido en el lugar donde había vivido todos esos años, el recuerdo de él se manifestaría en el sofá y en la cama, en el panel de azulejos del fregadero.

Su rostro apareció en el umbral, afectuoso y perplejo.

¿Cómo estás? Qué bien ver por fin tu casa. ¿No te parece?

Dentro, colgó pulcramente su abrigo en el perchero comunitario. Me pareció que su gesto era una especie de ofrenda. Quería demostrarme que sabía comportarse, que no era un monstruo, ahora que me había convencido de que amaba su monstruosidad. Vi cómo se relajaban sus hombros al mirar la cocina y el salón.

¿Te apetece un té?, le pregunté.

No quiso. Lo llevé a mi cuarto, donde se quitó los zapatos y se tumbó en la cama. No está mal el piso, dijo.

A nosotras nos gusta.

No es como el de Olivia.

No, no es como el de Olivia. Lo miré. ¿Cómo está?

Bien, dijo él. Estupendamente.

Me eché a su lado. Mi cuarto era pequeño, de paredes azules y decorado con dos espejos. Por el rabillo del ojo veía nuestro reflejo vagamente: su pecho un poco más alto que el mío en la cama. Me había parecido obvio que Olivia estaba ligada a Nathan hasta cuando él le hacía daño, y ahí estaba yo, comiendo de su mano.

Me alegro de verte, dijo sin volverse hacia mí.

¿Creías que no me volverías a ver?

No. Sonrió. No, la verdad, estaba seguro de que te vería.

¿Has estado esperándome?

No exactamente. He pensado en ti. Me preguntaba si tendría noticias tuyas.

¿Estabas enfadado conmigo? ¿Por la última vez?

No, respondió con mirada burlona. ¿Por qué iba a estarlo?

Sé que puedo ser un poco avasalladora.

Sí, dijo, pero ya sabes cuánto me gustas.

La sensación que tenía cuando Nathan me decía que le gustaba era distinta a cualquier cosa que hubiese sentido antes, o como enamorarse una y otra vez y no acostumbrarse nunca a ello. En boca de cualquier otra persona habría sonado afable, inoportuno. Y sin embargo, cada vez me impactaba más. Todos los requisitos por los que imaginaba que él me valoraba estaban agotados: mi sexo ya no le sorprendía, mi cuerpo ya no era una novedad. De algún modo, mi belleza era tan exquisita que seguía fascinándole. O, si no era mi belleza lo que ansiaba, había encontrado algo por lo que admirarme.

Se hizo una pausa y pensé que Nathan oiría mis latidos.

Te he echado de menos, dijo al cabo de un rato. Me parece que somos un poco parecidos, tú y yo. Aunque no pretendo insultarte, dijo soltando una risita.

¿Es eso humildad, Nathan? Me dejas de piedra.

No exageres. Y no finjas que no me has echado de menos.

Tranquilo. Pero ¿de verdad crees que nos parecemos?

Nathan miraba al techo, pero su brazo doblado hacia arriba caía entre los dos y sentí sus dedos levemente en el hombro. Qué extraño, dijo. Para Olivia nada de esto es natural. El sexo. Puedo motivarla, pero no sabe cómo moverse, es un poco como tocar un instrumento desafinado. Es maravilloso hacer que se suelte, pero carece de instinto. En cambio tú lo tienes. Y no solo tienes instinto, también quieres investigarlo. Tú no te levantas y te vas, aunque estés satisfecha. Tú tienes ese afecto absorbente: quieres absorberlo todo. Información, admiración, lo que sea.

Pensaba que eso no te gustaba, dije. Que hiciera tantas preguntas.

Desde luego, yo no le doy tantas vueltas a todo. E intento liberarte de tus prejuicios, ya lo sabes. Pero me gusta que te importe. No a todo el mundo le importa tanto el sexo, no de esa manera.

A veces pienso que a otras chicas no les preocupa tanto como a mí.

No a muchas. Nathan volvió a sonreír. Pero no hace falta que te deprimas por ello. ¿Por qué no podemos disfrutarlo sin más? Es algo especial, Eve.

Tendida allí, todo mi ser se concentraba en los centímetros de piel de mi hombro donde él apoyaba los dedos. Mi cuarto era pequeño y extraño. ¿Cómo podía ser que lo considerara mi hogar y creyese que me pertenecía? Solo era un espacio temporal aderezado con cosas que había comprado para poder creer que en su interior estaba a salvo. Y lo mismo ocurría con todo lo que había creído de mí misma: que era alguien con moral, que me interesaba la política, que me preocupaba de las realidades de los desconocidos vinculados conmigo por circunstancias paralelas. Había abrazado esas creencias para poder imaginar que pertenecía a algo valioso y que algo valioso me pertenecía. Qué fácil le resultaba a Nathan socavarlas. Yo quería verlas caer. Quería ser completamente nueva, experimentar el amor y el placer como si nunca hubiera sufrido ni sentido miedo. ¿Qué más podía debérsele a una mujer que eso? ¿Qué más podía pedir una mujer?

Y lo disfruto, dije. De verdad. Me encanta.

Lo sé, respondió Nathan.

Pero ojalá fuese distinto con Olivia.

¿Qué te gustaría que fuese distinto?

Me gustaría que no fuese tan difícil para ella, admití. ¿No ves lo que le cuesta? ¿Que quiere más de ti de lo que tú puedes darle? Quiere que seas su novio, que no mires a nadie más.

Eso no es cierto. Ella disfruta de todo esto, de nuestros juegos.

Sí, dije. Olivia disfruta de tus juegos porque eres tú quien se los ofrece y a ti te gustan; a ella le gusta lo que te gusta a ti. Pero también sufre.

Quizá tengas razón, afirmó. Hay algo que me preocupa: que no salga con nadie más. Al principio pensé que no pasaba nada, que en realidad no tenía tiempo ni energía para nadie más. Pero hace mucho de eso.

Cómo va a salir con nadie más. Sería demasiado cruel para las otras personas. Ella no es así.

Tal vez. La verdad es que ahora paso menos tiempo con ella. Me preocupa un poco.

Tú conocías a Olivia, su carácter, lo que sentía por ti… ¿No te preocupaba eso? ¿Cómo pudiste imaginar que no se enamoraría locamente de ti y acabaría queriendo que fueras su novio?

Tú no lo entiendes del todo, dijo Nathan. Es lo único que puedo decir.

¿Qué es lo que no entiendo? ¿Crees que follártela siempre a puerta cerrada y negarte a salir con ella en serio es confuso o algo? ¿Pretendes que crea que no está enamorada de ti?

Ella está entregada a mí. A su manera.

No todo el mundo es como tú, dije. No todos pueden moverse entre mundos distintos y vivir cómo tú. Sin apego.

Tú sí, dijo Nathan.

Sí, creo que puedo, pero ya sabes cómo es. Lo miré fijamente.

¿Qué se siente?

La mayor parte del tiempo me parece una maldición. Como si yo misma estuviera atormentándome.

¿Por qué dices eso? Eso es misoginia.

¿Ahora me vas a decir tú a mí lo que es la misoginia?

¿Acaso no lo es? ¿Que tú y yo seamos iguales, más de lo que crees, pero que eso te dé miedo, que la gente te juzgue por ello? ¿Que te dé miedo que las mujeres no te quieran por eso? Cuando en realidad, y estoy hablando en serio, Eve, en realidad es una bendición.

¿Pero y Olivia? Sabes lo que siente por ti. ¿Por qué no estás con ella y punto? ¿O la dejas sin herir sus sentimientos?

Estás siendo cerrada.

Anda ya. Se trata de Olivia. Sigue preocupándome.

Nathan retiró la mano de mi hombro y se incorporó. Volvía a tener el rostro distraído, me costaba descifrar su expresión. Me recordó el modo en que me miraba la noche que nos conocimos, en el bar Pleiades, donde tan a menudo me reunía con ellos ese primer mes, una mirada que me decía que él disfrutaba cuando lo desafiaba.

¿Sabes qué es esto?, dijo. Levantó la mano derecha y me enseñó su anillo. Grueso y abovedado en el centro como los anillos de graduación de las universidades, pero sin ninguna inscripción.

No. ¿Qué es?

¿Este anillo?

¿Qué? ¿Estás en una secta o algo así?

¿De verdad no lo sabes? Estaba seguro de que lo habías adivinado.

¿De qué me hablas?

Estoy casado, Eve.

Nathan había estado moviendo los hilos de mi vida durante tanto tiempo y con tan poca resistencia por mi parte que no lograba entender por qué iba a esconder nada. A ojos de Fatima, yo actuaba con respecto a él como si fuera una taza que ha sido vaciada y puesta bocabajo. Me senté y me quedé muy quieta, el anillo ocupaba todo mi campo visual, como si nunca hubiera visto uno.

Llevo siete años casado, prosiguió. Mi mujer es austriaca. En Austria llevan la alianza en la mano derecha.

Tardé un momento en recordar mi voz.

Pero ¿dónde vive?, pregunté, ¿en Austria?

No. Nathan rio. No, vive en mi casa. Conmigo.

¿Lo sabe alguien?

Eve, ¿no lo entiendes? Lo sabe todo el mundo.

¿Olivia?

Por supuesto. Hace años que conoce a Helen. Desde la universidad. Sinceramente, pensaba que a estas alturas ya lo habrías deducido.

Pero ¿qué razón tenías para mentirme? ¿Por qué no me lo contaste? O sea, sé lo tuyo con Olivia, qué sentido tenía, no lo entiendo. Todo habría sido mucho más fácil. Tus horarios complicados, los hoteles, el secretismo…

No suelo decírselo a la gente con la que me acuesto.

Pero yo no soy «la gente».

Claro que no, dijo Nathan. Buscó mi mano y la cogió. Tienes razón.

¿Lo sabe ella? ¿Tu mujer?

Por supuesto, pero no los detalles.

¿No sabe lo de Olivia?

Hizo un gesto con la mano frente a su rostro.

Nathan, dije, hace casi un año que nos conocemos. ¿No podías habérmelo dicho? Después de todo lo que hemos compartido, ¿no confiabas en mí?

Sí confío en ti, respondió. No es fácil de explicar. No hay una razón concreta, es solo mi manera de ser. Me gusta separar las cosas, mantenerlas cada una en su ámbito. No puedo pensar en Helen cuando estoy contigo, no más de un instante. Simplemente no tiene lógica para mí. Y cuando estoy con ella nunca pienso en ti, ni en Olivia, ni en nadie más. Ni siquiera pienso demasiado en el trabajo. Es como soy y ya está. Así que no quiero hablarte de ella. Cuando estoy contigo, es lo último que tengo en mente.

¿Estás realmente enamorado?, pregunté. ¿De… Helen?

Sí, dijo, y sonrió igual que hacía yo cuando hablaba de mi vida con Fatima. Claro. Hace diez años que estoy enamorado de ella.

Al oír esas palabras sentí que florecía la afabilidad en mi cuerpo.

Sabía que su matrimonio no lo absolvía de sus errores en el trabajo, sabía que no implicaba que fuese un buen hombre, pero sus palabras parecían liberarme de la visión cobarde que había tenido, la visión de un hombre capaz de representar sentimiento sin llegar a albergarlo nunca. Después de todo, no era peligroso —no era un sociópata—, nunca había tratado de engañar a Olivia. Simplemente estaba enamorado de una mujer a quien yo no conocía. Me sentí abrumada por una suerte feliz. Sin motivo aparente, me lo imaginé en un coche, al volante, mirando con insolente orgullo a una mujer sin rostro que iba sentada en el asiento del copiloto. Nunca le había visto una mirada tan humana como la que le vi allí, en el coche que dibujaba mi mente, en una carretera soleada. Ahora tenía permiso para amarlo. Había espacio para mi amor.

Nathan, dije al cabo de unos instantes, esto me hace feliz. ¿No es extraño?

Eres muy extraña. ¿Qué te hace feliz?

Descubrir que vuelves a casa, al amor.

Él me miró, seguía dándole vueltas al anillo. Te gusto mucho, dijo. Al principio no, pero ahora sí. Por eso te lo he dicho.

También hay algo triste en ello. No eres como yo pensaba. En absoluto. Creía que flotabas entre las cosas, a tu aire, independiente. Que al final estabas completamente solo.

Solo soy quien tú crees que soy. Claro que floto entre las cosas a mi aire. Estoy aquí contigo, ¿no?

Iba a preguntarle cómo había logrado tener ambas cosas, pero ya lo sabía. A pesar de lo mucho que lo envidiaba sentía como si estuviera de subidón, estaba al borde de las lágrimas, igual que al final de una película o una novela. La proximidad de la vida de Nathan me resultaba embriagadora. Nuestro mundo parecía un paisaje de buenas intenciones y libertades posibles. Era como si el amor estuviera en la habitación con nosotros, tan concreto como un cuerpo, generoso e inextinguible.

Nathan volvió a tumbarse en la cama y me atrajo hacia su pecho. Su hombro era sólido y cálido debajo de mí. Su mano agarraba la mía.

Se acabaron los secretos, añadió al fin. Ya no hay más.

Su revelación era tan exquisita que esperaba que no fuese cierto, que tuviera otro tarro de secretos ocultos esperando a ser desvelados uno detrás de otro. Pero lo único que dijo, cuando rompió el silencio, fue: ¿Recibiste mi regalo de cumpleaños?

¡Ay, sí! Me había olvidado. Gracias.

Cuando me besó, me levanté para desnudarme y él alargó el brazo para detenerme. Déjame hacerte una foto primero, dijo.

¿Así?

Sí, quédate quieta un momento.

Luego dejó el móvil y me quité la ropa.

Eres una belleza, dijo.

Un dolor se anunció en mí. Su voz no era la del hombre que presidía la hilera, la voz del hombre que había elegido mi desnudo de entre todas las fotos publicadas en la página web. No había oído nunca esa voz. De pronto sentí que nada me había importado nunca tanto como esa voz.

Lo abracé mientras me follaba. La habitación era negra, solo existía el sudor de sus hombros, el sostén de sus manos por debajo de mí, el sonido de su voz en mi oído: *Ya está, ya está, Eve. ¿Lo sabes, Eve? ¿Lo sabes? ¿Lo sabes? ¿Lo sabes?* Lo sabía.

Así transcurrieron dos meses. Cuatro. Cinco. La ciudad se volvió oscura. Vi a Nathan a intervalos irregulares, un total de seis veces a lo largo de ese invierno. Cuando no estaba con él experimentaba una soledad nueva y voluble. A veces, cuando quedaba con gente, sentía una ternura resignada por esas personas: la conciencia de que estaban solas y buscaban un momento de intimidad, igual que yo.

Pero para mí era una conciencia agria y vergonzosa. Quería ser arrastrada a la certeza de otra persona, ser arrastrada hacia algo. A veces, por impaciencia, intentaba actuar como si estuviera tan segura como ese alguien que deseaba encontrar. Durante una hora miraba a mi cita a los ojos mientras consultaba el móvil sin parar, con apremio y desdén. En el momento en que quería que se sucediera la siguiente escena, me quedaba mirando a lo lejos, como si ya la hubiera evocado. *Vamos*, decía. Una noche oscura y glacial en Bed-Stuy, se lo dije a una chica cuya sonrisa fácil me recordaba a la de Romi. Por lo demás, era más pequeña, se mostraba más conforme, tendía más a la risa nerviosa. No se había terminado la copa, pero cuando yo terminé y dije *Vamos*, se bebió de un trago lo que le quedaba y me siguió afuera. Cuando me la follé, intenté imitar a Nathan: fruncir el ceño con expresión admirativa y dolorosa cuando reveló su cuerpo, tocarla como si me perteneciera y ya lo hubiera hecho cientos de veces. *Esta es la polla que quieres, verdad*, le dije, con un tono tan parecido al de Nathan que por un instante me dolió. La chica gritó un poco, como si quisiera expulsar algo de su interior. Sentí lástima. Creí ver su soledad, cómo se agitaba alrededor de un placer que desaparecería.

Yo no me quité la ropa. Me fui enseguida. La ternura que sentía por la mayoría de la gente –gente que no era Nathan– podía transformarse rápidamente en incomodidad. Sentía algo amorfo cerca de otras personas, como si flotara en un mundo indiferenciado. Me recordaba a esas pesadillas que a veces tenía en las que olvidaba cómo hacer cosas básicas y obvias: deambulando por una cocina incapaz de encontrar la mantequilla, aunque esta siempre se guarde en el mismo sitio. Me parecía que los conductores no obedecían las señales de tráfico, que el tren no cumplía su horario, que todos los esquemas que consideraba lógicos estaban ligeramente distorsionados. Por otro lado, si pasaba días sola, era como si el mundo se erigiese a mi alrededor justo como yo imaginaba o esperaba por pura fuerza de voluntad. Una mañana, mientras iba caminando al trabajo, pasé por delante de un buzón que era de un azul cegador, debido a las gotitas de lluvia que habían quedado encima o a algún brillo que atrapaba la luz del sol. *Pero qué preciosidad*, pensé, admirándolo —incluso entre las bellezas superiores de la calle, los árboles, el cielo, hasta la curva de hormigón de la manzana y las fachadas ornamentadas—, no solo porque era muy luminoso sino porque me recordaba por qué mundo caminaba, un mundo con el que estaba profundamente familiarizada, donde hablaba la lengua de los buzones azules, comprendía su utilidad y me beneficiaba de su servicio y del sistema del que formaba parte. Sentí la red de la ciudad a mi alrededor: las capas de impuestos y burocracia que conducían hasta el buzón azul y aseguraban su continua operación diaria, así como todos los tipos de cartas depositadas en él, la variedad de residentes de Brooklyn que lo utilizaban, la climatología que le afectaba, y los supuestos apartamentos, casas de piedra rojiza y negocios imaginados por toda Nueva York y más allá que recibirían el correo que se había depositado en él. El buzón me transmitió una sensación de seguridad, como si estuviera unida a un engranaje de estructuras tan sólidas y benevolentes que estaría a salvo mientras viviera. Era consciente de lo ridículo que era ese sentimiento: esos sistemas no eran ni sólidos ni benevolentes, más bien mantenían y apuntalaban todos los principios del mundo que me inquietaban, aun cuando me beneficiara de ellos. Y sin embargo, no podía sacudirme esa impresión de estar a salvo. El mundo preinventado me prometía que era valorada y estaba protegida, que no necesitaba imaginar un valor o un significado para mi cuerpo y mi vida. Aun así, junto a personas que no eran Nathan —sobre todo con mujeres—, esa falsa seguridad amenazaba con romperse.

Sabía exactamente lo que querías, oía que me decía la voz de Nathan mientras esperaba en el taburete de un bar o escuchaba hablar a Fatima. Nada especialmente obsceno, ni siquiera genuinamente íntimo: solo el suave silencio de la certeza. Su voz era como una oración que guardaba dentro de mí. *Sabía exactamente lo que querías. Sabía exactamente lo que querías.* A veces, vadeando por el enredo de mis emociones, me preocupaba no haber encontrado, en ausencia de Romi, ningún lugar mejor donde depositar el amor que había sentido por ella que en Nathan. Pero luego recordaba la seguridad de Romi: las ganas que había tenido de convertirme en digna participante de su mundo de lealtad y cuidados. No podía compararse lo que había sentido por ella con lo que albergaba por Nathan. Mis sentimientos por Romi, más que un derroche de emociones, habían sido un derroche de aspiraciones.

Pensaba a menudo, sin poder evitarlo, en el momento en que Nathan me había hablado de su mujer y en el sobrecogedor torrente de emoción que me había recorrido. Mi relación con él tenía poco que ver con lo que yo consideraba amor, no contenía seguridad ni certeza ni conocimiento real. Parecía un error atribuirle amor a alguien con quien pasaba unas pocas horas, de incógnito, que nunca respondía al teléfono cuando estaba en crisis ni acudía cuando lo llamaba por cualquier motivo. Pero ¿seguía siendo yo una persona que negaba lo que sentía solo porque no le gustaba? Ahora ese impulso me parecía imperfecto, infantil.

Nathan quería verme a solas. Quería verme en mi apartamento. Ir a cenar, llevarme al Frick, quedar conmigo en el parque. Siempre estábamos solos y era distinto a como había sido antes. ¿Qué había cambiado? Tal vez que yo podía olvidarme durante semanas de Olivia —de ser testigo o de que ella fuera testigo— y de cuál era mi aspecto cuando me hundía debajo de Nathan. Tal vez se trataba de la nueva gratitud que veía en él. Había renunciado a una parte de su privacidad por mí al contarme lo de su mujer, al confiarme cuál era su verdadero escenario vital, y yo notaba que ante mí ya no se sentía invulnerable. Su despreocupación había desaparecido. Actuaba como un hombre a quien le concedían un festín. Su boca se transformaba. Estaba erecto antes de desnudarse. A menudo era evidente, cuando me hablaba, que le costaba mantener la compostura. Jugueteaba con las manos. Decía: *Qué bien hueles, estás impresionante, ¿hay alguien que bese mejor que tú?* Su autoconfianza relajada, la manera en que parecía que se limitaba a cumplir con sus obligaciones, fue sustituida por un ansia que yo había vislumbrado antes en su mirada pero nunca en su tacto. Ya no controlaba la situación; no jugaba conmigo, sino que se saciaba a sí mismo. Cuando estábamos juntos, follábamos dos, tres, cuatro veces. Cuando se corría, lo hacía con un nuevo abandono, una revelación se apoderaba de todo su cuerpo, le agarrotaba los pies, le dislocaba las manos, le arrancaba un rugido que me envolvía. Quedaba capturada por completo en su interior. Su cuerpo formaba una taza que me contenía, y esa taza temblaba y derramaba calor y sudor. Después ambos estallábamos en risas y no podíamos parar. Nuestros cuerpos se estremecían de risa. Me besaba la frente. El cuello. Dejaba la mano apoyada en mi vientre.

Dios, nadie es como tú, decía, nadie, ¿lo sabes? Y yo que me creía avaricioso, ¡tú sí que lo eres!, mi pequeña avariciosa. Me besaba una y otra vez. Si pudiera elegir oler algo durante el resto de mi vida, serías tú, Eve.

La siguiente vez que lo vi también fue así. No se trataba solo del deseo —un deseo abrumador, brutal, que devoraba todo lo que tocaba, que aullaba cuando nos veíamos y sufría cuando no—, sino de la naturaleza de ese deseo, que vivía en una soledad absoluta y preferiría morir antes que hacer exigencias. Cuando pensaba en Nathan, no le enviaba mensajes, porque era agradable pensar que él también pensaba en mí pero que no teníamos necesidad el uno del otro, que no nos pediríamos nada, que aquello que nos ofrecíamos era puro placer sin adulterar. Cuando nos veíamos, él decía: *Cada vez que me corro pienso en ti, cada vez que me corro pienso en ti, cada vez que me corro pienso en ti. Es porque estás hecha para que te folle y yo estoy hecho para follarte.*

Pero ¿qué pasaría si fuese tu marido?, dijo Fatima. No te fiarías ni un pelo de él.

No, no, ni un pelo. Pero no era mi marido. Era la persona a quien le gustaba que yo nunca estuviera saciada, que nunca tuviera suficiente, que nunca dijese que no, que nunca pudiese ser pura; le gustaba que yo quisiera tanto como él, que para mí significara tanto como para él, y que después de todo eso quisiera estar sola y libre. Estaba bien —era una suerte, incluso— que yo fuese de esa manera y que fuese mujer. Le iba bien tener un cómplice. Un confidente. Una chica que nunca frenaba. Sabía que yo haría cualquier cosa por él; que le debía mi presencia mental, la comodidad que sentía en mi cuerpo, todo lo que había llegado a amar de mí misma. Fue en medio de esa burbuja cuando acudió a mí, en marzo, a contarme lo de la demanda judicial.

10

Fui a verlo al hotel Standard en cuanto me lo pidió. Un lunes a las seis de la tarde. No me había depilado y me daba igual: al principio la preparación ritual de mi cuerpo para Nathan y Olivia me había parecido algo exuberante e íntimo, todas esas horas con jabones aromáticos en el baño, lleno de vapor. Ahora mi orgullo iba ligado a mostrarle a Nathan destellos de mi cuerpo real; mi orgullo, que, por otro lado, estaba tan expuesto.

Abrió el minibar del salón de la habitación y sacó una cerveza para cada uno. Cuando me la pasó, tenía el ceño fruncido: aquella mirada de dolor, de adoración, que yo me pasaba todo el tiempo esperando. Nos sentamos en la cama impoluta uno al lado del otro.

Oye, Eve, lo siento, pero vas a recibir una citación judicial. ¿Te ha contado algo Olivia?

Hace meses que no hablo con ella. ¿Qué es lo que pasa?

Ha llegado una demanda a la oficina. Una mujer a la que entrevisté. Y quieren que prestes declaración.

¿Qué has hecho?

Sonrió. Qué generosa eres conmigo, dijo.

Nathan…

Nada, de verdad.

Lo reconocí de inmediato, como al lanzar la moneda, cuando cayó y descubrí lo que no había sabido que quería por el modo en que se me encogió el corazón. Yo era culpable. Había sido testigo de la mala conducta de Nathan; había sospechado que estaba dispuesto a transgredir más allá de lo que lo hacía con Olivia; me había obligado a mí misma a ver lo que me intrigaba y a mirar hacia otro lado si algo me inquietaba porque era una cobarde. Entonces pensé: *A lo mejor estaría bien sincerarse, ser juzgada. Tal vez eso rompiera el cuenco.*

Bueno, dije, o sea que te follaste a una mujer a la que entrevistaste.

No es así exactamente, pero no puedo decir mucho más al respecto.

Nathan, cuéntamelo. ¿Te follaste a una mujer a la que entrevistaste?

¿He dicho yo que me la follara? No me la follé.

¿No?

No. Ella afirma que sí y que le prometí contratarla. Alega que hubo un acuerdo en el proceso de selección.

¿Diste a entender que la contratarías?

Por supuesto que no.

¿Y la contrataste?

Pues claro que no, no.

Nathan, va en serio.

Él me miró. ¿De verdad quieres saberlo?

¿Y de qué va a servir que yo declare?, acabé diciendo. ¿Por qué yo?

Estuve en tu apartamento la noche en cuestión. ¿Te acuerdas? En enero. Este año.

¿Cómo voy a acordarme?

Llegué a las ocho o las nueve. Me ofreciste queso y galletitas sa-

184

ladas, follamos, en algún momento apareció tu compañera de piso, ¿una hora más tarde más o menos?

Yo qué sé, dije. Puedo revisar nuestros mensajes.

Los miraremos. Yo estaba allí. Y lo único que tienes que hacer es reconocerlo.

Venga ya, Nathan. ¿Y si te follaste a esa chica a las siete y viniste a mi casa a las ocho? ¿Cómo puedo realmente...?

Da igual si lo hice. Solo hazme este pequeño favor. Estarás diciendo la verdad.

Con todos los respetos, Nathan, seguro que hay un montón de movidas jodidas que pasan en tu oficina.

Por supuesto. Como en cualquier oficina. Pero en este caso te equivocas.

Ya, pues actúas como si fuera de lo más normal. Y a ver, ¿por qué tendrías que librarte del problema?

Sabes que mi responsabilidad es proteger a la familia, dijo él. Supongo que eso lo puedes respetar.

¿Por qué no te ayuda Olivia?

Ellos no saben nada de mi relación con ella.

Me miró. Nuestros muslos apenas estaban unos centímetros separados, pero no me tocó. Mi respiración entraba y salía por mis costillas.

Mira, dije, valoro que confíes en mí. Espero que confíes en mí. Pero, Nathan... tienes que entender lo que pienso de este asunto, del hecho de que siempre te salgas con la tuya. Sobre todo en la relación que tienes con Olivia. En tu trabajo.

Nathan siguió mirándome con ojos claros y fijos. Recordé el día en que se había presentado en la cafetería, dos inviernos atrás, cuando Romi aún iba a recogerme los domingos por la noche con las mejillas sonrosadas y dos paraguas a juego. *Estoy en el trabajo*, le había dicho. Había intentado ser directa, ser cruel incluso, para que supiera lo poco que significaba él para mí en mi propio mundo

185

seguro. Su polo rojo me daba risa, pero cuando me habló supe que mi vida era simplemente una manta que él levantaba al tocarla.

Mira, dijo Nathan. A ti te gusta meterte conmigo, y yo disfruto con eso. Pero también tienes mucha integridad. Sé que te preocupan las cosas, más de lo que admites. Olivia es sincera, sí, y también se preocupa, pero no comparte tus ideas nobles. Siente una profunda lealtad por lo que quiere y lo que tiene. La moralidad entra en ello, por supuesto, y sabes que ambos creemos que nuestro trabajo es muy importante, sobre todo Olivia, que es un poco sensiblera, ya lo ves, pero no es moralista a esos niveles tan banales. No entre amigos. Diría que se rige más por la lealtad que por la integridad, si puedes entender la distinción que hago.

¿Y qué pasa con mi integridad?, dije yo. ¿No te parece que, si presto atención a mi integridad, como tú la llamas, básicamente pensaré que eres un delincuente?

En absoluto. En realidad, estoy seguro de que no lo piensas.

Yo presupondría que cualquier cosa que esa mujer pueda decir probablemente sea cierta.

Sentí que recuperaba algo de mi fuerza. Era erótico desafiar a Nathan. Sin embargo, en el fondo de mi mente, era consciente de que lo erótico era saber que, en el transcurso de las horas que seguirían, yo me entregaría a él.

¿No estás de acuerdo, preguntó Nathan, en que de una manera u otra la mayoría de las personas con quienes has follado eran alguien con quien no deberías haber follado? Porque tú pertenecías a otra persona, o ellos, o porque se daba alguna circunstancia problemática: la hermana de una ex, lo que fuera. Hasta conmigo; sé que piensas que no deberías follar conmigo, dadas tus creencias. Sonrió. Pero yo no le hice daño a esa mujer. Te lo juro. No hace falta que te aclare todas las maneras en que esto es así.

Estoy segura de que no pretendías hacerle daño, dije.

No lo pretendía y no se lo hice.

Ni siquiera importa si le ofreciste un trabajo o si se lo diste a entender: en el mundo en que ella vive, si se folla al gilipollas que la entrevistó, puede que la contraten.

Nathan se puso de lado en la cama para estar frente a mí y colocó la mano en mi cintura. El cuerpo se le estaba ablandando poco a poco, pero como aún era joven, la grasa acumulada en el torso y las caderas le confería un aire de muchacho. Había empezado a ir al gimnasio, y recordé que una vez Olivia se había metido con él por eso, aunque le encantaba la fuerza que tenía en los brazos.

¿Dónde está Olivia?, pregunté.

No está, como tantas otras veces. ¿No hemos estado viéndonos así?, ¿los dos solos?

¡Cómo voy a declarar si nadie sabe lo vuestro!, exclamé. O sea, no puedo hablar de ti ni de nuestra relación sin mencionarla a ella.

Nathan encontró sus gafas en la mesita y se las puso.

Claro que puedes, dijo. Puedes contar la verdad. Nos conocimos por internet. Nos hemos estado viendo un año y medio más o menos. Nunca te he engañado. Estás al corriente de mi matrimonio, y mi mujer, de ti. Voy a menudo a tu casa, donde estuve aquella noche. No hace falta mencionar a Olivia.

No puede ser.

Oye, cualquiera diría que eres una auténtica defensora del sistema judicial. ¿Es eso lo que crees? ¿Crees que se va a hacer justicia con esa mujer? ¿Que se impartirá justicia a mi costa? ¿Y que me lo habré merecido?

No tengo ni idea de si se hará justicia o no, ni de qué tipo será, pero no será la mía. Así que ¿por qué…?

¿Cuál sería tu justicia, Eve? ¿Qué justicia buscas? ¿Sientes que has sufrido alguna injusticia? ¿Estás a punto de demandarme también?

Por supuesto que no.

Entonces ¿qué?

No quiero nada, dije al final. Ya lo sabes, Nathan.

Muy bien. La realidad es, y siento decirlo, que vas a tener que declarar te guste o no. Ojalá no fuera así. No estoy interesado en involucrarte en nada tan sórdido. En estos momentos las circunstancias me superan. La pregunta es simplemente si vas a ser o no mi amiga en esto.

Volvió a inclinarse hacia delante, apoyando el codo en su rodilla, como si estuviera suplicando o decepcionado. Nunca había percibido esas actitudes en él. Cuando estábamos solos así, quería que fuera digno de una amistad firme y sincera. Aun así parecía insuficiente, demasiado poco para ser su amiga.

Eve, insistió. Seamos francos el uno con el otro. Deja de interpretar ese papel de que no te caigo bien, solo por un momento. Ambos sabemos que yo lo disfruto, ¿vale? Pero seamos claros. Hace mucho que nos vemos. Sabes que llego hasta el límite pero no lo cruzo. A veces te pregunto si te gusta, pero sé que es así, y sé que también te gusta que te lo pregunte, por eso mismo te lo pregunto. Siempre he respetado lo que querías, no solo lo he respetado, lo he intuido, lo he descubierto, te lo he dado, en realidad. ¿No es verdad?

Sí.

Nos conoces bien a Olivia y a mí, continuó. Casi desde que ella y yo empezamos a vernos, no mucho después. Sé que siempre te ha molestado lo del trabajo, que no te gusta que follemos por el hecho de que Olivia trabaje para mí, pero ves que la trato muy bien. Tenemos un acuerdo mutuo sobre nuestra relación. Olivia entiende las condiciones de mi matrimonio y las respeta. Y ella sería un desastre sin mí: se complica la vida, es muy nerviosa, soy yo quien la calma, quien la ayuda a salir de la rutina. He creado ese pequeño mundo que ella utiliza para pintar, para inspirarse. Trabajo sus nuevas ideas con ella. Imagino que irás a su exposición, que es dentro de un par de meses. Tiene algo que anhelaba desde hace mucho tiempo. ¿No es cierto?

Sí.

Tú y yo tendremos nuestras diferencias, dijo, pero es obvio que en esencia me respetas, o no tendrías siempre tantas ganas de que te follara. Te va un poco el rollo duro, esa idea de que puedo matarte a polvos y lo haré, pero siempre te pregunto si es lo que quieres y tú siempre respondes que sí. Confías en mí. Sabes que lo que me importa es no hacer daño a nadie ni nada tan trivial. ¿De verdad crees que se me debe tratar como a un delincuente? ¿Que agrediría a una mujer que viniese a mi oficina, que me rebajaría tanto, que la auténtica coacción tiene algo que ver con cómo seduzco a las mujeres?

Lo miré de cerca. Conocía su cuerpo y no me resultaba en absoluto amenazador, su nueva vulnerabilidad, el peso familiar de su mano. Pese a todas las situaciones en las que lo había temido, siempre me había excitado. Si también me había dado miedo, ¿no había sido porque mi corazón y mi mente lo necesitaban para poder aprender a vivir con la integridad de la que hablaba?

Me besó y lo vi una vez más en aquella carretera soleada que la revelación de su matrimonio había evocado en mí, con el cuello de la camisa desabotonado y la dicha en el rostro.

Claro que no, Nathan, dije.

Lo sé, dijo. Volvió a sonreír. Entonces puedes decirles eso a los abogados. Y, oye, puedes decir la verdad. Pero si quieres el consejo de un mentiroso nato, lo único que necesitas saber es: no mientas. Di: *Te acercas, pero te equivocas.* Di que no puedes explicarlo. Limítate a apuntar hacia la verdad sin confirmarla.

Reconocí en ese consejo toda su actitud ante la vida, resumida en un punto: cómo lidiaba con su mujer, con Olivia, conmigo y vete tú a saber con qué más. El modo en que mantenía lo que él creía que era su integridad mientras protegía su libertad.

Y no te preocupes, tendrás a mis abogados, por descontado, añadió.

No. Yo me encargaré de eso. ¿No crees que debería tener mi propio abogado?

Como prefieras.

Nathan, ¿cómo puedes estar tan tranquilo?

Se llegará a un acuerdo, dijo. Solo es un contratiempo.

No eres tú la que va a juicio, dijo Fatima. Di lo que te dé la gana.

No hay juicio. Aún no. Y esperemos que no lo haya.

¿Por qué no debería haber juicio? Estábamos en la cocina, apoyadas en la encimera. Espero que lo haya, dijo, y que esa mujer reciba lo que le corresponde. Tú di la verdad. Él se lo merece.

¿Eso crees?

Bueno, como cualquiera que merezca ser censurado legalmente. Pero sí. Quiero decir, ¿merece ella una indemnización porque él la jodió? Y ¿deberías ayudarla tú a conseguirla? Por supuesto, dijo apagando el hervidor, y estás en una posición excepcional para hacerlo. Él confía en ti para esto.

Pero esa es la cuestión. Confía en mí. No puedo traicionarlo.

¿En serio? ¿No puedes traicionar su confianza? Fatima me miraba fingiendo sorpresa, sosteniendo el hervidor sobre la encimera. ¡En cuanto te dé la gana, puedes abandonar la fiesta y saltar a la vida real!

Venga, Fati.

¿Qué? ¿No va siendo hora de que dejes esa puta fiesta y vuelvas a la realidad?

Las cosas no son así. Sí, Nathan es una persona reservada. No siempre ha sido franco conmigo, ¿y qué? No ha hecho nada malo, no a mí. Me ha dado lo que yo quería. No me ha hecho daño.

¿Y qué me dices de que te mintiera sobre estar casado y durante casi un año?

¿Qué pasa? No es mi novio. Y para que lo sepas, me hace feliz que esté casado: antes creía que solo le seguía el rollo a Olivia por diversión, y ya sabes lo mucho que eso me molestaba. Pero resulta que ella lo sabía desde el principio.

Por dios, Eve. Básicamente lo que estás diciendo es: *Me he enterado de que el hombre que me he estado tirando me ha estado ocultando que estaba casado durante, cuánto, un año, y me tranquiliza mucho que no sea un sociópata* (algo que, por cierto, podría seguir siendo). *¡Estoy tan contenta de que esté felizmente casado!* ¿Puedes imaginarte cómo reaccionaría yo ante algo así? ¿Si me mintieran y me manipularan de esa manera? ¡Te encanta que él te manipule!

¿Y qué si es así? Volqué la taza que Fatima me había dado. ¡Me gusta! Si la manipulación es eso… me encanta.

¿Qué te encanta? ¿El modo en que se esconde con esa chica? ¿Que folle contigo en secreto? Que mienta a su mujer…

Ella lo sabe…

¡Tú qué sabes! ¿Qué te hace pensar que es un marido estupendo?, ¿que ella está al tanto de que se tira a otras? ¿O es que te vas a creer cualquier cosa que te diga?

No es mala persona, Fati. No lo es.

¿Tan ciega estás? ¿Tanto vale la pena su polla?

¿Cómo voy a pensar que es mala persona? Si es el único que afronta cómo me siento: me habla de ello, nunca me juzga por ello, lo entiende, incluso me quiere por ello.

¿Tú crees que te quiere?

No estoy diciendo que sea bueno. No sé qué hace con otras chicas, no tengo ni idea. Pero conmigo y Olivia no es como pensaba. Estoy segura de que se preocupa por nosotras. Es más sincero que otra gente. Menos inhibido. No le dan miedo las cosas como a nosotras.

Pues claro que no, dijo Fatima, ¡nunca ha tenido que temer absolutamente nada! Actúas como si tuvieras que ayudarlo en esto, pero ambas sabemos que va a salirse con la suya lo ayudes o no. ¿Por qué te crees que no me gusta, Eve? Me siento incómoda con personas así:

gente que nunca tiene que enfrentarse a las consecuencias. Fatima se apoyaba en la encimera, a su espalda, con los nudillos firmes. Sé que quieres ser como él, pero no puedes. ¿Lo entiendes? Tú no quieres hacerle daño a la gente. ¡No puedes ser como él! ¡No puedes tener esas cosas!

¿Crees que no me he cuestionado todo eso? ¿No sabes que me he estado mortificando durante meses y meses? Me odio a mí misma por habérmelo follado una sola vez, por no hablar de lo mucho que me gustó. ¡Lo sé perfectamente! ¿Por qué me haces pasar por esto?

Porque te quiero, dijo Fatima suavizando el tono. No quiero que te pase nada, y no quiero que te hagan luz de gas todo el tiempo. ¡Quiero que la gente te respete! ¡Que puedas confiar en ellos! No soy yo quien te está haciendo pasar por un mal trago. Yo te quiero, Eve, nada más. Esto se llama amor.

Entonces me sentí desconsolada. Era a Fatima a quien traicionaría ayudando a Nathan, a la sincera y decidida Fatima, que no albergaba ninguna de mis debilidades simplemente porque esperaba más de las mujeres que esta lealtad ciega. Era su definición del amor la que era más completa; su amor tenía como propósito protegerme y glorificar el mundo. Me daba vergüenza llamar amor a lo que sentía por Nathan: ese placer raro y embriagador, esa gratitud que, al momento, podía transformarse en indignación. Volví a llenar la taza de té y me senté.

Independientemente de eso, dije, necesito un abogado.

Vale. Fatima me miró. Puedo preguntarle a mi abuelo. A lo mejor él o uno de sus colegas puede asesorarte.

El ofrecimiento me dolió. Sabía que era fruto de su preocupación, y aun así, parecía confirmar mi debilidad, mi ineptitud: que necesitara ayuda solo podía significar que Fatima tenía razón. Yo no podía ser como Nathan. No era como él. Por más que lo hubiera creído con frecuencia, no estaba sola ni era independiente, no iba flotando a través de un mundo inmenso de libertades infinitas.

Fati, no quiero meter a tu abuelo en esto. No quiero que nadie de tu familia lo sepa.

¿Y entonces?

Hablaré con mi padre. No creo que me quede otra alternativa.

¿Para pedirle dinero?

Pues… Tampoco quiero que sepa que tengo que declarar. Pero supongo que puedo… no sé… imagino que algo podré sacarle.

Bueno, dijo Fatima.

Lo que quiero decir es que creo que él quiere ayudarme. Suele preguntar si necesito algo, pero yo se lo pongo difícil. Hiero su orgullo. Y entonces hace desaparecer el dinero, ya sabes, finge que soy una persona autónoma. Y a mí también me gusta fingir que lo soy. Pero si se lo pido… ya sabes.

¿Nathan te ofreció un abogado?, preguntó Fatima. Porque no deberías tener que lidiar con todo este tema de ninguna manera. No está bien.

Sí, me lo ofreció. Pero ¿no crees…? No sé.

Fatima me miró con bondad. Pensé que era la primera vez, en todas nuestras conversaciones sobre Nathan, que entendía mis sentimientos.

Vale, dijo. Creo que tienes razón. Como mínimo puedes tener tu propio abogado. Mañana llamaremos a tu padre.

Por la mañana, me senté en los escalones de la entrada para llamarlo. Aún era invierno y la calle estaba desolada, envuelta en una atmósfera de cruda realidad. Las únicas personas que había fuera corrían hacia el metro, con los rostros ocultos por debajo de los gorros de lana. Encendí un cigarrillo y dejé que se consumieran tres cuartas partes antes de pulsar su nombre.

Contestó tras dos tonos.

Evie, saludó. ¿Me llamas expresamente?

Sí, papá. Te llamo expresamente.

Qué sorpresa, dijo con un tono medio divertido que sabía que escondía dolor.

¿Cómo estás?

Bien, bien, como siempre.

Me alegro, dije. Estupendo.

¿Y tú qué? ¿Cómo va el trabajo?

Ah, pues, de hecho, empiezo en uno nuevo. Dentro de unas semanas.

Mi padre silbó. Noté su alegría irrefrenable a través del teléfono. Entonces hizo una pausa.

¿Qué clase de trabajo?

Uno de verdad. En una oficina.

¿En una oficina?

Sí. Es una empresa familiar. Una especie de sociedad de inversión. Gestionan todo a una familia: el patrimonio, las finanzas, ese tipo de asuntos.

Una empresa familiar. ¿En serio?

Sí, ya sabes, como consultora.

¿Saben a quién están contratando?

Déjate de bromas, papá, dije mientras lo oía reírse. Soy lista, ¿no?

Bueno, eso es estupendo, Evie. Es fantástico. Estoy muy orgulloso de ti.

Con seguro médico y todo.

Te lo mereces.

Gracias. De hecho… encontré el trabajo a través de un chico con el que estoy saliendo. Él es un alto cargo allí.

Ajá. Nada inapropiado, espero. Ya que pronto vas a empezar allí.

Reconocí en su voz, jocosa aunque con reticencias, sus ganas de cotilleo. Utilicé el mismo tono. Intenté reírme.

No, dije. Nada inapropiado. Es de otro departamento. Pero ha sido muy majo, me ha ayudado mucho.

Caray, Evie, ¡qué bien! ¿Cómo se llama? ¿Dónde lo conociste?

Se llama Nathan, dije. Pero oye, papá, no quiero… es algo tan nuevo que no quiero gafarlo. Las cosas ya van a ser un poco raras trabajando en el mismo edificio. ¿Podemos aparcar el tema por un tiempo?

Nathan, dijo mi padre. Por supuesto. Sí. Ya me contarás más adelante. Pero es… ¿es serio?

Muy serio.

Me alegro. ¿Y es…?

Papá, lo aparcamos.

Vale, vale. Bueno, oye, ya sé que queda poco para tu cumpleaños… el tiempo vuela… pero no tuve oportunidad de darte tu regalo el año pasado.

Ah, es verdad. Lo había olvidado.

Ya. Eres una chica autosuficiente, ¿verdad?

Me reí.

No, en serio, continuó mi padre. Mira, es una tontería, pero te compré algo un poco especial. Si no lo quieres se lo puedo regalar a uno de los chicos de Jeff. No pasa nada. Pero pensé que, bueno, igual te animaba a viajar. A venir a verme… O yo qué sé, lo que te apetezca. Ir a la playa, al norte del estado, lo que sea.

¿Qué es?

Nada, un cochecito. Un Volvo. No es tan pequeño, pero, ya sabes, tampoco hay para tanto.

Qué generoso, papá.

No es nuevo.

Eso da igual, qué detalle. ¿Lo has tenido aparcado en el garaje? ¿Todos estos meses?

Bueno, de vez en cuando lo saco a dar una vuelta. Para que no se averíe, ¿sabes?

Ah, ¿que se va a averiar?

Mi padre rio. No, Evie, no. Yo creo que te va a gustar.

La irrupción de la infancia, de lo pueril, me provocó náuseas y sentí claustrofobia. Recordé esto con nitidez: deberle gratitud a alguien para quien yo representaba una especie de error que había que corregir. Nathan había ampliado el marco de lo que mi vida adulta podía contener, pero ahora recordaba que era posible perderlo todo en el transcurso de media hora. Sabía que si lo veía dentro de poco, lo abofetearía por haberme llevado tan lejos.

Bueno, dije, qué mono eres.

Te lo puedo enviar, si no tienes tiempo de venir pronto. Con los papeles y todo.

Estás loco por quitártelo de encima, ¿eh?

Solo tengo ganas de celebrar tu cumpleaños y tu nuevo trabajo, dijo con una voz tan alegre que me hizo cerrar los ojos de vergüenza. Me hace ilusión que por fin lo vayas a tener.

Gracias, papá. Es muy generoso por tu parte.

Te lo mereces.

Ya, aunque, en realidad, ¿qué quiere decir que uno se lo merece?

Esa ya se parece más a mi niña. Déjalo. Te lo mereces. Mañana organizaré lo del envío.

Gracias, papá.

Colgué y me encendí otro pitillo. Al cabo de unos diez minutos, Fatima asomó la cabeza.

¿Qué ha pasado?, preguntó.

¿No crees que Nathan podría haber sido un poco menos imbécil?, dije. Dios, tiene a todas las tipas que quiere, joder. No necesita estas gilipolleces.

Querrás decir que tú no las necesitas.

Sí, vale, yo tampoco necesito esta mierda. ¡Y mira que es fácil de evitar! ¿Por qué tiene que meter la polla donde tiene la olla?

Tampoco es que sea la primera vez, dijo Fatima.

Hice una mueca de asco y un gesto sin convicción con el paquete de tabaco.

Supongo que no te ha ido bien con tu padre.

Qué va, en realidad ha ido muy bien.

¿Ah, sí?

Ha ido tan bien que la verdad es que me estoy replanteando todo este asunto. Parece una trampa.

No es una trampa, dijo Fatima. Es tu padre. Estás desvariando, Eve.

No en plan que sea una trampa en la que él me vaya a pillar. Es solo que ha sido demasiado fácil. Si hubiera tenido que pelear con él, pensaría que es un gilipollas y que en cierto modo tengo derecho a sacarle lo que necesite.

Es un gilipollas, dijo Fatima, temblando, la puerta aún estaba entreabierta. Y no necesita tanto dinero. A ver, ¿qué puede necesitar una persona que gana cientos de miles de dólares al año?

Me parece increíble que ahora estés a favor de mentir.

Yo no he dicho nada de mentir. ¿Has tenido que mentir?

Me va a regalar un coche. Y obviamente voy a venderlo.

No es una mentira, dijo ella. Solo una decepción necesaria.

Le hice señas para que saliera a fumar. Dejó la puerta entornada y se abrazó la cintura con la mano izquierda.

A veces me resulta increíble haber seguido viendo a Nathan durante tanto tiempo sabiendo cómo es. Lo defiendo cuando estoy contigo, debo hacerlo, pero la verdad es que no puedo justificarlo.

Fatima tenía una actitud cariñosa. Me puso la mano en el hombro y se inclinó para acercar el pitillo hasta la llama que le ofrecía.

¿Te acuerdas de lo que dice Eve? Eve Babitz. ¿Lo de las obras maestras del sexo?

Me encanta esa expresión, dije: obras maestras del sexo.

¿Cómo deberíamos reconocerlas por las aventuras creativas que son?, prosiguió Fatima con una sonrisa leve. Nuestras escenas de amor. La única ocasión en que podremos tocar la cara del paraíso.

A la semana siguiente fui a la oficina de Nathan para hablar con sus abogados. Estaba en el centro, veinte pisos por encima de un amplio vestíbulo de mármol donde hombres que se parecían a él entraban y salían por puertas giratorias. ¿También me gustaban a ellos? ¿Era así de superficial? ¿O acaso el traje de Nathan era un mero disfraz que yo le había quitado? El paisaje me puso apática. Llevaba las joyas de oro que había heredado de mi madre —todos mis anillos, dos brazaletes pesados— y una falda de tubo que me había comprado para ir a una entrevista años atrás. Mostré mi documentación en recepción y una secretaria me recibió en la zona de los ascensores. Esperé mucho rato en un banco con cojines, saqué una mandarina del bolso y empecé a pelarla poco a poco.

El ruido delicado del cristal llenaba la sala de conferencias, el aroma de un antiséptico suave. Noté por debajo mi leve olor a sudor. Había dos abogados. Uno de ellos, de mediana edad, con permanente aire escéptico, guardó silencio a lo largo de toda la reunión. El otro era joven, con la mandíbula pronunciada y un traje de corte demasiado estrecho. Me dio las gracias por haber ido y se presentó como el señor Mora. Luego hizo una breve ronda de preguntas preliminares. La noche que les interesaba era la del 14 de enero.

Sí, dije, es cierto. Estuve con Nathan esa noche. Tengo algunos mensajes de aproximadamente las seis de la tarde en los que él acepta venir a mi casa. Y lo vi poco después.

¿Sabe a qué hora llegó?

No estoy segura. Pero, que yo recuerde, poco rato después de que hubiera cenado. Puede que fueran las ocho o así.

Que usted recuerde, el 14 de enero ¿estaba con el señor Gallagher a las ocho de la tarde?

Sí.

¿Y en algún momento de la noche llegó él a mencionarle a la señorita Sabitova?

No.

Bien. El señor Mora sonrió. Estupendo. Mire, señorita Cook, nos complace que haya venido, lo que tiene que decir es de gran ayuda. En realidad esperamos que este asunto quede totalmente resuelto en privado. Pero queremos que sea consciente de que es probable que durante el descubrimiento probatorio los abogados de la señorita Sabitova se interesen por su relación con el señor Gallagher, y eso podría resultarle un poco incómodo.

Entiendo, dije. ¿Incómodo?

Bueno, como es obvio, querrán saber cómo conoció al señor Gallagher, cuánto ha durado su relación, su naturaleza… Son cuestiones que el señor Gallagher y usted misma ya nos han contado. Y, como sabe, su relación con él es extramatrimonial. Por lo que es posible que estén interesados en poner en duda su fiabilidad al respecto. Igual que están interesados en desacreditar la fiabilidad del señor Gallagher. Pero él nos ha dicho que usted es una buena amiga y no debemos preocuparnos de que lo incrimine, por lo relativo a su carácter.

No, dije. Es cierto.

Bien, solo para confirmarlo, señorita Cook, su relación con el señor Gallagher ¿ha sido completamente consensuada?

Sí.

¿Y confía en él y lo respeta?

Por supuesto.

¿Ha visto alguna vez al señor Gallagher coaccionar o agredir a alguien, incluida usted, o acercarse a alguna mujer sin consentimiento?

No.

¿Cree que sería capaz de hacerlo?

No.

¿Le ha hablado alguna vez, en cualquier grado de detalle, de algo relacionado con su trabajo?

No.

¿Le ha ofrecido alguna vez algún tipo de puesto o compensación o ha dado a entender que eso sería posible en el futuro?

No.

En general, ¿cómo la ha tratado el señor Gallagher?

Muy bien, dije. Es muy atento. Sabe escuchar.

En eso también nosotros nos hemos fijado, dijo el señor Mora. Volvió a sonreír. Y ¿qué piensa usted sobre las mujeres? ¿Y el clima general?

¿Perdón?

El clima político con respecto a las mujeres y a demandas como esta. El señor Mora tenía unas cejas tan perfectamente cuidadas que me costaba creer que no contaran con la ayuda de cera o pomada.

Me parece que es una auténtica vergüenza que las mujeres se encuentren en esta situación, dije.

¿Podría aclarárnoslo?

Me gusta complacer a la gente, dije. Me esfuerzo en caer bien. Entiendo que eso es lo que quieren que haga.

¿No quiere ayudar al señor Gallagher?

Sí, Nathan me importa mucho. No quiero verlo pasar por esto.

Al señor Mora no se lo veía contento. Pero parecía que no podían pasar sin mí, desde luego ahora no.

Por lo que respecta a Olivia Weil, dijo, no tenemos ningún motivo para creer que los abogados de la señorita Sabitova sepan nada acerca de ella. Pero, solo para que quede constancia, ¿todo lo que ha dicho respecto del señor Gallagher se aplica también a su relación con la señorita Weil?

Me sorprendí, aunque quizá no debería haberlo hecho. En algún momento tenía que haber sabido que Nathan no era tan poderoso como se imaginaba. Su abogado apartó la mirada mientras yo hacía una pausa.

Sí, dije. Todo lo que he dicho es cierto. No tengo constancia de que Nathan haya tratado mal a Olivia, si es eso lo que me pregunta.

No habrá necesidad de mencionar a la señorita Weil, a no ser que los abogados de la señorita Sabitova hagan referencia explícita a ella, me recordó el señor Mora. Cosa que no esperamos, como es obvio.

Cuando salí del vestíbulo a la callé llamé a mi padre. Contestó enseguida.

Te he mentido, papá. No tengo un trabajo nuevo. Y no quiero otro distinto. O al menos no eso que tú llamas un trabajo «de verdad». Lo único que quiero es que eso te importe tres pepinos. ¿Qué más te da? Si no voy pidiéndote limosna.

Se hizo una pausa durante la cual solo oí el viento y el temblor de un tren que pasaba bajo tierra. Sentía áspera la piel de las manos. Metí la mano derecha en el bolsillo del abrigo.

De acuerdo, dijo mi padre. Muy bien. ¿Y la historia esa de tu relación? ¿El tal Nathan?

También es mentira.

Otra pausa, un suspiro. O a lo mejor mi padre también estaba en la calle, a lo mejor era el azote del viento contra el teléfono.

Pero no sigues con Romi, ¿no?

No vuelvas a hablarme de Romi nunca más, ¿vale?

¿Todavía eres lesbiana o no?

Puedes quedarte con el coche. Si ya lo has enviado, te lo devolveré.

No, quédatelo tú, Evie. Yo no lo necesito. Y sigo queriendo que vengas a visitarme, ¿sabes? Cuando tengas tiempo.

Me despedí, colgué y llamé a Nathan antes de rajarme. Nunca antes lo había llamado. Por unos instantes me hizo volver a sentir nueva e ingenua, como si corriera el peligro de extralimitarme.

Eve. ¿Va todo bien?

Tú me llamas siempre sin motivo, excepto para molestarme. ¿No puedo hacerlo yo?

Por supuesto, dijo con una sonrisa familiar en su voz. Me pareció oír el sonido ambiguo de una puerta o quizá de una botella. Probablemente estuviese en la oficina, solo veinte pisos por encima de mí. Sí, dijo, me alegro de oírte.

Te voy a tomar la palabra con la oferta que me hiciste de costear tú los abogados. Este follón es cosa tuya. No quiero pagarlo yo.

Claro, por supuesto que no. No te preocupes.

He decidido que no hay manera de evitar ser tu cómplice. Y la idea de poder llegar, de algún modo, a ser imparcial o algo así, si tuviera un abogado independiente, me parece un delirio.

No eres cómplice de nada, dijo. Yo no he hecho nada malo.

Bueno, que sepas que estoy cabreada contigo.

¿En serio?

Di la vuelta en la acera sobre mis talones, primero apoyé el lado derecho de mi cuerpo contra la fría piedra de la fachada y después el izquierdo. Nathan estaba callado. Seguía sonriendo, imaginé.

No, la verdad es que no, dije. Pero vete a la mierda.

Lamento de veras todo este asunto, respondió Nathan. Te echo de menos, ¿sabes?

Fue el señor Mora quien me acompañó al bufete de la calle Treinta y tres Oeste. Me explicó que la toma de declaración probablemente solo duraría una tarde, aunque quizá se alargara un par de días. Entre nosotros había un claro recelo que me recordó a la atmósfera de los primeros meses en que Nathan y yo empezamos a vernos. El señor Mora era más formal, pero me trataba con esa despreocupación familiar que amenazaba con pasar a condescendencia si se revelaba que, en lugar de difícil, yo era tonta. Sin embargo, cuando nos instalamos en una sala de reuniones oscura y estrecha con los abogados de la acusación, su presencia me resultó reconfortante. Sentí que en esas circunstancias la condescendencia podía ser valiosa.

Cuando la abogada de la señorita Sabitova me preguntó cuánto tiempo hacía que conocía al señor Gallagher, la cutícula de mi pulgar derecho había empezado a sangrar.

Ella tenía rizos canosos y la voz de una representante de atención al cliente. Aunque no sonreía, su tono daba a entender que sabía que con las normas básicas de cortesía se llegaba muy lejos.

Un año y medio más o menos, dije.

¿Cómo se conocieron?

En internet.

¿Cómo y cuándo?

En una página web. En diciembre, no el pasado, sino el anterior. No recuerdo la fecha exacta. Él respondió a una publicación mía.

¿Qué tipo de publicación?

¿Eso tiene relevancia?

No, dijo el señor Mora. ¿Señora Bullens?

De acuerdo. Entonces ¿hacía más o menos un año que ustedes dos se conocían cuando el señor Gallagher fue a verla el 14 de enero?

Sí.

¿A qué hora llegó?

Sobre las ocho de la tarde.

¿Lo recuerda con exactitud?

Esa tarde nos habíamos enviado unos mensajes para ver cuándo llegaría. Recuerdo que cené sola en casa y él vino poco después. Por eso creo que no debían de ser más de las ocho. Aunque evidentemente no anoté la hora.

¿Vive sola, señorita Cook?

No, tengo una compañera de piso.

¿Estaba su compañera en casa en ese momento?

No estaba cuando llegó Nathan, pero sí después. Se vieron cuando él se fue, creo.

¿Y el señor Gallagher le mencionó esa noche a la señorita Sabitova?

No.

¿Hablaron del trabajo de él o del proceso de contratación de alguna manera?

No me acuerdo, dije. No creo.

¿No lo cree?

Casi nunca hablamos de su trabajo.

Bien, dijo la señora Bullens. Se apartó un rizo gris de la sien. Voy a hacerle unas preguntas sobre su relación con el señor Gallagher. ¿Cuánto tiempo después de conocerlo pasó su relación a ser romántica?

Yo no diría que sea romántica.

Disculpe, ¿cuánto tiempo después de conocerlo pasó su relación a ser sexual?

La noche que nos conocimos.

¿Por qué decidió iniciar una relación sexual con él?

Me dio la sensación de que me gustaría estar con él. Del mismo modo que se toma cualquier otra decisión.

¿Suele tomar decisiones basándose en sensaciones?

No sé, dije. No siempre. A veces.

¿Sabía en ese momento que el señor Gallagher estaba casado?

No.

¿Diría que él se esforzó por ocultarle su matrimonio? ¿Que le escondió su alianza o hizo otras cosas para no revelarlo?

No. No lo creo.

¿Se limitó a no decir nada?

No dijo nada al respecto.

¿No cree que una persona esté obligada a mencionar algo así en una situación sexual?

Señorita Cook, dijo el señor Mora, no hace falta que responda a eso.

No creo que haya reglas absolutas, dije. Yo tenía novia cuando nos conocimos. Y tampoco se lo dije.

A mi lado, el señor Mora se pasó una mano por la mandíbula. La señora Bullens sonrió amablemente.

Bien. ¿Cómo describiría su relación con el señor Gallagher? Tras su primer encuentro, ¿con qué frecuencia se veían?

Depende. A veces nos veíamos una vez al mes, otras veces más, otras menos.

¿Y cómo eran sus encuentros?

Solíamos pasar tres o cuatro horas juntos. Charlando.

¿De qué hablaban?

De mi vida, normalmente. De distintas cosas que yo pensaba. Sobre todo de sexualidad, ideas, ese tipo de cuestiones.

¿Era una relación consensuada?

Por supuesto.

¿Esperaba usted algún tipo de ayuda profesional o económica por parte de él?

No.

¿Alguna vez la obtuvo?

No.

¿Cuándo descubrió que el señor Gallagher estaba casado?

Hará unos seis meses.

¿Cómo se enteró?

Me lo dijo él.

¿Por qué cree que se lo contó?

Tenemos confianza. Me lo contó como amigo.

¿Cambió su relación en ese momento?

¿A qué se refiere?

¿Terminó la relación?

No.

¿Se ha sentido coaccionada de algún modo por el señor Gallagher?

No.

¿Alguna vez le ha parecido agresivo?

De pronto deseé que Nathan estuviese allí. Lo veía otra vez igual que en la suite del hotel, inclinado hacia delante, con el codo apoyado en la rodilla y sus ojos convincentemente afectuosos. Al hablarme de la demanda, ¿me había ocultado su miedo o estaba convencido por completo de su propia inocencia? Yo creía lo segundo; no que estuviera convencido de su inocencia según los parámetros legales o morales, sino que creía estar exento de eso.

Nunca me he sentido en peligro con él, dije.

¿Lo encontraba agresivo, señorita Cook?

A veces podía ser dominante, desde el punto de vista sexual. Pero era una dinámica consensuada. Siempre pedía permiso.

¿Se sentía indefensa en su relación con él?

Supongo que depende de a qué se refiere con indefensa.

¿Alguna vez se sintió manipulada por el señor Gallagher?

Quería ser capaz de mostrar sinceridad absoluta, pero ¿qué podía decir? Desde que conocía a Nathan no había pasado un solo día sin que me sintiera de algún modo bajo su yugo, y aun así volvía a elegirlo una y otra vez; era una manipulación que me satisfacía, en la que yo participaba. Si lo hubiera rechazado, él me habría dejado ir en silencio, nunca había dudado de ello.

A decir verdad, sí que a veces me sentí manipulada por él. Es muy seductor. Pero acepté la relación que teníamos. Me gustaba que me tratara así, y se lo hice saber.

La abogada hizo una pausa y miró una ficha que tenía en la mano. Se subió las gafas en la nariz.

Siempre he tenido la seguridad, añadí, de que si hubiera querido que Nathan parara, en cualquier sentido, él lo habría hecho.

¿Alguna vez formó parte de su relación sexual la señorita Weil?

Miré al señor Mora. Tenía la mirada vacía.

Sí. A veces.

¿Con qué frecuencia?

No lo sé.

Cuando se reunían, ¿pasaba todo el tiempo con ustedes, o menos?

Menos.

¿Estaba con ustedes la noche del 14 de enero?

No.

¿Por qué no?

No sé. No era inusual. No pregunté.

¿Diría que usted tenía una relación cercana con ella?

No.

¿Sabía que la señorita Weil y el señor Gallagher trabajaban juntos?

Sí.

¿Qué tenía entendido de la relación del señor Gallagher con la señorita Weil en el entorno laboral?

Poca cosa. Eran muy reservados acerca del trabajo.

¿Y qué pensaba usted de la relación ilícita que mantenían?

Me preocupaba ella.

¿Por qué le preocupaba?

Puede parecer una persona tímida, sensible.

¿Le preocupaba que el señor Gallagher se aprovechara de ella?

No exactamente. No es que pensara que Nathan fuese a aprovecharse de ella… sino que me parecía algo serio. Ya sabe, me preocupaba que, si rompían o pasaba algo, les resultara difícil trabajar juntos. Sobre todo a ella. Nunca pensé que él fuera a castigarla en el trabajo ni nada parecido.

¿Era usted consciente de que la relación entre ellos infringía las normas de la empresa, de que era clandestina?

Sí.

¿Y eso no le dio que pensar?

Sí.

En ese caso, ¿por qué continuó viendo al señor Gallagher y a la señorita Weil?

Me gustaban ambos. Eran apasionantes.

¿Le resultaba fácil dejar sus preocupaciones a un lado?

No, no, pero no quería ser crítica injustamente. Parecía que las cosas les funcionaban… ¿y quién soy yo para decirle a nadie cómo debe vivir? Eran muy felices. Procuré que Olivia supiera que… podía contar conmigo. Si necesitaba algo.

¿Si necesitaba algo?

Ayuda, apoyo, lo que fuese. Si quería hablar sobre él o cualquier cosa.

¿Ella se puso en contacto con usted alguna vez buscando apoyo?

No.

¿Por qué no?

No lo sé. Eso debería preguntárselo a ella.

Ha mencionado que a veces usted y el señor Gallagher debatían ideas y hablaban de sexualidad. ¿De qué clase de ideas trataban?

De diferentes temas.

¿Podría aclararlo?

Estamos hablando de hace un año o más. Obviamente, no puedo acordarme de todo.

¿Compartían las mismas ideas?

En general, sí.

¿Había diferencias importantes?

A veces estábamos en desacuerdo, sí. De manera amistosa.

¿Tenía usted algún problema con alguna de las posiciones personales o políticas del señor Gallagher?

A veces. Por supuesto.

¿Podría desarrollarlo?

Miré al señor Mora en busca de ayuda.

Es una pregunta demasiado amplia, señora Bullens. Me temo que la señorita Cook no puede responderla, dijo.

¿Alguna de las ideas del señor Gallagher le resultó poco habitual o amenazante?

No.

¿Estaban en desacuerdo en el tema de la sexualidad?

No sé a qué se refiere.

¿Tenían los dos las mismas ideas sobre cómo funciona la sexualidad y qué la conforma?

No, no siempre.

¿Le preocupaba al señor Gallagher que usted no fuese heterosexual?

No sé por qué iba preocuparle. No, no le preocupaba.

Si no le importa contestar, dijo la señora Bullens, ¿por qué empezó una relación con el señor Gallagher, teniendo en cuenta que en ese momento usted tenía novia?

Eso, en realidad, no lo puedo responder. No lo sé.

Entonces ¿fue una decisión basada en una sensación?

Sí.

La señora Bullens hizo una breve pausa y se miró las manos, como si estuviera protegiendo algo delicado, algo que la hacía sufrir. Cuando alzó la vista, hubo un cambio en su voz. Su tono ya no era cortés, sino el de un maestro o un progenitor, suave y condescendiente, cargado de superioridad moral.

¿Se considera usted feminista?, acabó preguntando.

Sí.

¿Y qué significa eso para usted?

La miré fijamente. Si la hubiera visto en la calle o apeándose de un vagón de metro, habría admirado algo en ella; tenía una inflexibilidad que me gustaba, la espalda recta y el aspecto de no andarse con chiquitas. Había logrado darle un toque personal a su atuendo laboral incorporando unas gafas elegantes aunque pasadas de moda. ¿Y cómo no iba a respetarla por representar a mujeres como la señorita Sabitova, la de Nathan, un nombre que solo podía evocarme una rubia herida? Pero no podía creer que me estuviera preguntando eso. Si apoyaba a la señorita Sabitova, no había ningún motivo, ninguna razón de peso en el mundo, para que no me apoyara a mí también, o cuando menos me escuchara de buena fe. En cambio, esa mujer, que probablemente se sentía responsable de gran parte de los sacrificios y el liderazgo que habían dado como resultado el paisaje de libertades del que yo disfrutaba, se consagraba a una tarea que a mí me parecía, a pesar de todos mis errores, despreciable. Mi relación con Nathan me convertía en promiscua; mi decisión de acostarme con él, en desconsiderada; mi predisposición a confiar en él, en tonta; mi bisexualidad, en incoherente, y ahora mi feminismo iba a convertirme en traidora.

No es una pregunta fácil, dije. Con todos los respetos.

Por favor, intente describir qué significa para usted.

El feminismo. Vale. Es el reconocimiento de la diferencia y de sus efectos sociales. Conscientes e inconscientes, personales y sistémicos. Un compromiso con ese reconocimiento y con una actuación en consonancia. Por la justicia. Lo siento, es una definición rudimentaria e improvisada.

¿No igualdad, dijo la abogada arqueando la ceja, sino justicia?

Me parece que en los últimos tiempos la palabra «igualdad» se ha convertido en una palabra vacía.

¿No diría que el señor Gallagher reconoce lo que usted llama diferencia, y sus efectos, y que ha actuado de acuerdo con eso, no en aras de la justicia, sino en beneficio de sus propios intereses? ¿No cree que ha hecho eso con usted y con la señorita Weil?

Me ha hecho muy feliz, dije. A mí y a Olivia. Su reconocimiento de la diferencia, como usted dice, me ha favorecido a mí tanto como a él. Puede que incluso más a mí.

La abogada se echó hacia atrás y separó las manos.

Me estaba desesperando, y sentía a la vez una ira nueva y extraña que no lograba explicar, no hacia mí misma sino hacia la misteriosa fuente de mi convicción de que lo que más me llenaba solo podía ser sospechoso. ¿Ante quién era yo responsable? ¿Ante la señora Bullens y la señorita Sabitova? ¿Ante las mujeres *queer*? ¿Ante el sueño de justicia? ¿Ante mí misma? ¿Ante Olivia?

Por desgracia, dijo la abogada, independientemente de cómo justifique las acciones del señor Gallagher para con usted y la señorita Weil, a mi clienta no le han favorecido, y desde luego no se han realizado en aras de ningún tipo de justicia.

La noche que nos conocimos, después de que me follara por primera vez, le pregunté a Nathan cómo había sabido que quería acostarme con él. No creía que volviera a verlo, y sentía especial curiosidad al respecto, porque en las tres horas que había pasado con él seguía sin saber ni cómo ni cuándo lo había decidido yo misma.

Nathan sirvió vino, sonrió y dijo: Cuando estábamos fuera del bar, fumando, he elogiado tus zapatos. Y los cumplidos no dan falsos positivos. A veces una mujer responde con modestia, o sin alegría, y normalmente es por falta de interés, aunque alguna vez puede haber un falso negativo. Pero no hay falsos positivos. A lo que me refiero con positivo no es a que ella acepte el cumplido, sino a que realmente le llegue. Cuando responde, ves que ha significado algo para ella. Que no lo rechaza, que está encantada.

¿Y cómo he respondido yo cuando has elogiado mis zapatos?

Te ha encantado. Acuérdate.

Cuando alcé la copa de vino, con el primer roce del cristal en mi boca, fui consciente de que ese cuerpo cálido y estricto era la realidad del cristal —eso era el cristal y así lo percibía yo—, y sentí visceralmente a mi alrededor el sofá y la mesita, el algodón de la camiseta en la que me había encogido de hombros, las puertas talladas, las lámparas de cerámica y el ajetreo de los taxis en la oscuridad, la nieve derritiéndose bajo las ruedas, el cristal de los parabrisas, el césped en el parque. Sentí que sabía exactamente de qué estaba compuesto cada material y qué caracterizaba la vida en su interior, y recibí una tremenda lección de humildad ante la enormidad y el asombro de mi certeza, una versión sin adornos de lo que había sentido dos décadas antes al lado de mi padre en un banco de iglesia. Lo veía todo desde arriba, como un mapa con canciones y perlas.

Siempre había pensado que la libertad era el poder de entender aquello de lo que era capaz y vivir de acuerdo con eso: convencerme a mí misma de cosas. Ahora me parecía que la libertad era la fuerza y el espacio de perseguir aquello que me conmovía. Aquello con lo que debía reconciliarme estaba sujeto a mi emoción, que siempre me esforzaría por comprender. *¿Había mejor manera de vivir que estar siempre en movimiento y a la busca de algo perfecto, un movimiento que te llevaría hasta el fin de tus días?*

Pensé en mi padre al salir de la sala de conferencias y emerger a un día prematuramente crepuscular y aciago. Los nuevos árboles de primavera se inclinaban con un viento gris, había en el aire un olor a tierra removida. A lo largo de mi vida adulta había pensado a menudo en lo que había dicho mi padre, que las mujeres eran la opción fácil, y, a la sombra de Nathan, había empezado a pensar que quizá no era verdad que fuesen la opción fácil, sino que yo siempre me decantaría por la opción que fuese más fácil. A lo mejor mi padre había sido capaz de ver que era débil. Recordé los ojos de Olivia y la manera en que había deseado en mis entrañas, mientras estaba tendida, desnuda e insegura, saber qué era lo que ella necesitaba y cómo podría llegar a ofrecérselo. Había soñado que, como yo era mujer, quizá pudiera ser esencial o buena para ella de un modo que Nathan no podía.

Me metí en la boca de metro y esperé de pie en el andén. Faltaba algo, y todos nosotros lo sabíamos, al menos todos los que estábamos en las calles afortunadas, las que florecían en verano, los que poco habíamos hecho para merecerlas: la creencia en un mundo genuino, el acceso a un sentimiento más allá del coqueteo y la ambición. Y era ese mundo genuino el que me habría gustado que Olivia y yo hubiésemos visto la una en la otra. Lo había querido aunque me preocupara que lo que hacía con Nathan y ella fuese frívolo: que fuese coqueteo y ambición. Y Romi: Romi era el mundo genuino. Romi me había hecho sentir que era posible conocer a personas como Darcy y Edmund Bertram, salidos de las novelas que Olivia y yo disfrutábamos, y creer en ellos a costa de todos los demás, deshacerse de todo lo hecho sin ganas, el ascenso y el autoengaño. Romi era una persona que dedicaba tiempo a pensar en asuntos serios. Una persona cuyo amor era constante y que solo lo entregaba donde se había ganado. O eso había creído yo. Pero yo también tenía miedo de convertirme en alguien serio como Romi, porque pocas veces se amaba a las personas en nuestro mundo, en nuestro siglo de interés y amor condicional, por su sinceridad o su lealtad. Esas eran cualidades que asociábamos a hombres viejos a quienes ya no admirábamos. Amábamos la imagen de Darcy, con su dignidad estoica, haciendo un sacrificio anónimo por el amor de Elizabeth, pero ¿qué pensaríamos de esas cualidades en un hombre que conociéramos personalmente: su reticencia, su condescendencia, su infalible juicio cristiano? La lealtad y la sinceridad eran cualidades religiosas: términos a través de los cuales dar prioridad a los demás por encima de uno mismo. Respetar a los demás como personas sagradas, con realidades igual de sagradas con las que no se puede frivolizar. Sabíamos que nosotras éramos sagradas, y como no había nadie que nos protegiera, lo haríamos nosotras mismas convirtiéndonos en quienes frivolizaban para impedir estar sometidas a ellos. ¿Sería más fácil si nos sintiéramos protegidas por algún otro código de conducta: la creencia de que a otros los avergonzarían por su frivolidad, de que el coqueteo se tacharía de debilidad de carácter y falta de respeto esencial? ¿Debíamos o no hacernos responsables por tratar a la gente como si existiese solo para entretenernos y cumplir nuestros deseos? No podíamos tratar a la gente de esa manera, lo sabíamos. Y aun así, tampoco podíamos vivir como si fuéramos altruistas, como si tuviéramos las mismas creencias sobre nosotras que esos hombres viejos. Había cierta mezquindad en el hecho de vivir de esa manera: la mezquindad de colocar la sinceridad y la lealtad sobre un telón de fondo de personajes que, en comparación, solo podían ser desconsiderados, ruines, crueles. Nathan reconocía eso intuitivamente. Yo había decidido tratarlo como algo más que una frivolidad –tratarlo como algo real– porque él había dado a mi frívola vida, con toda su avaricia, su coqueteo y su secretismo, su realidad absoluta. Y me había enseñado que era posible tener una vida como la nuestra, llena de frivolidades y, sin embargo, sincera y leal.

Subí las escaleras de la salida del metro de Clinton Hill y caminé hasta el apartamento de Olivia. Entonces, al recordar que aún no habría vuelto de trabajar, compré un paquete de tabaco en la esquina y fumé mientras esperaba. No sabía qué debía decirle y sentía que nunca llegaría a saberlo.

Me desperté con la delicada mano de Olivia en mi mejilla. Reconocí el gesto: el roce de su mano junto a la mejilla de Nathan cuando él dormía. La calle estaba oscura y me había quedado dormida en los escalones, con el paquete de tabaco medio vacío al lado y el bolso entre las piernas.

Ey, dijo Olivia.

Se sentó a mi lado, sacó dos pitillos del paquete y extendió la mano para que le pasara el mechero.

Tú no fumas.

No me digas lo que hago o dejo de hacer, respondió como si fuéramos tan amigas que no pudiera herirme. Encendió ambos pitillos y me pasó uno de ellos.

Hay algo que quería preguntarte, dije.

Olivia estaba en silencio, dando al cigarrillo caladas de novata.

¿Por qué siempre le das las gracias a Nathan? ¿Por qué siempre dices: *Gracias, gracias, gracias*?

¿Y qué otra cosa voy a decir? ¿Acaso no estás agradecida tú?

11

Olivia me había pintado en brazos de Nathan. En el lienzo sostenía mis caderas en alto, con las piernas solo visibles a cada lado de su cintura y los brazos enredados en la parte superior de su espalda, donde los omoplatos se le hundían y sobresalían al ritmo de su esfuerzo. La espalda de Nathan: el primer paisaje donde su piel empezaba a sudar. Una escena de los primeros días, pensé. Los brazos de él no eran musculosos, sino pálidos e indefinidos. Olivia nos había plasmado desde arriba, con las cabezas unidas en primer plano cerca de la parte inferior del cuadro y, más allá, mis manos se veían grandes en la espalda de Nathan; era posible reconocer mis anillos. Su rostro quedaba oculto en mi cuello. Había eludido su cara en todas las pinturas, lo que no hacía más que aumentar su belleza y misterio. Las sábanas eran de un blanco sombreado, pero detrás de nosotros, en la parte superior, un azul cobalto bañaba la habitación. La luz acuática del dormitorio de Nathan. Las pinceladas eran visibles, largas y fluidas, pero nuestros cuerpos parecían congelados, como si hubiesen quedado suspendidos en la quietud el tiempo suficiente para que Olivia pudiera representar el movimiento de la sangre y la respiración.

En el cuadro se advertía claramente el modo en que mi cuerpo se orientaba hacia Nathan. Mis caderas, pantorrillas y brazos lo rodeaban, serpenteando hacia el marco, que tenía la espalda de él como centro, como si yo me preparara para ser levantada. Era doloroso mirar la pintura, porque en ella veía que Olivia había sido testigo de aquello y me había recordado en un momento de vulnerabilidad total, desarmada por Nathan y ajena a su presencia. Doloroso también porque en aquellos meses, cuando empezábamos a vernos, había creído estar separada de ellos. Y que la rendición total que veía en Olivia nunca me rozaría.

En la galería ella me esquivó. Intenté atraer su mirada a través de la sala y acabé desistiendo: sabía lo tímida que era, lo mucho que protegía su obra. No había ninguna necesidad de avergonzarla en su momento de gloria. Salí fuera a fumar.

Se estaba bien en la acera, y el aire olía a *pretzels* recién horneados. Busqué un mechero en el bolso. Tenía el cuerpo tenso por el dolor del reconocimiento, un dolor que me recordaba el de mirar fotografías de mí misma cuando era adolescente. Era tentador olvidar la fealdad de la transformación, y amargo recordarla.

Hola, dijo Olivia.

Estaba a mi lado en la acera, entornando los ojos. A la luz del sol, su pelo era casi como una criatura en sí misma, con tentáculos y alborotada por la electricidad estática. Parecía sonrojada, quizá era inevitable en un acontecimiento destinado a elogiarla.

¿Te gusta?, preguntó. Tu cuadro.

Sonreí y contuve la respiración. Me sentía como una mujer nueva a la que habían retirado el paño doliente que había sido hasta entonces. Estaba ahí, en sus cuadros, cobrando forma con la atención de Nathan.

Es difícil pintar a Nathan, dijo. Porque al principio yo me sentía… el sentimiento que predominaba entonces era una especie de desolación. Y agotamiento, ¿sabes? Era tan degradante ver lo interesado que estaba en ti, lo obsesionado que estaba con follar contigo. Recuerdo una de las primeras noches que quedamos contigo, yo estaba exhausta y agobiada, me fui a otra habitación, tuve que irme... necesitaba volver a mí misma, ¿sabes?, era muy vulnerable en ese lugar, y estaba harta... y cuando volví, ¡estabais follando otra vez! Era horrible lo que Nathan quería de mí entonces. La manera en que me empujaba.

Empezó a recogerse el pelo, y acto seguido, casi de manera simultánea, a soltárselo otra vez, se pasaba los dedos entre el cabello para acomodar los mechones sueltos.

Pero luego le agradecí mucho que lo hiciera, por supuesto. Agradecí que me empujara de ese modo. Siento una gratitud infinita hacia él... algo muy profundo... porque fue capaz de llevarme a todas esas experiencias que me asustan tanto. Pero que son transformadoras. Tú... tú no eres así en absoluto, pero yo nunca habría hecho nada parecido sin alguien tan fuerte como Nathan... solo con Nathan. Así que cuesta mucho intentar pintar eso... sobre todo porque es una especie de secreto, una vida secreta, y tengo que respetarlo... expresar el proceso de estar tan asustada, de estar celosa, de ser abandonada y estar dolida, aunque lo anhele, todo eso, y querer abrirme paso.

¡Claro que tenía miedo!, dije yo.

¿De qué? No de lo que se supone que debe asustarte, ¿no te parece? Antes del acuerdo fueron a verme esos abogados, los que trabajaban para Leah Sabitova, convencidos de que yo les ayudaría a montar una acusación conjunta. ¿Tú te imaginas? ¿Quién se creen que soy, quién se creen que es Nathan? ¿Creen que esa es la clase de miedo que tengo? Es muy difícil, repitió. Incluso aquí, en la galería, hay mucho escepticismo en torno a Nathan, o en torno al tema de los cuadros, sea cual sea el que se imaginan que es. Estoy segura de que hay gente que sospecha. Hay quien se ha acercado a mí, conocidos de la infancia, antiguos profesores, amistades de la universidad, para preguntarme si estoy bien. Quieren saber por qué pinto estas cosas. No lo entiendo. A mí me parece obvio:

quiero que todo el mundo ame a Nathan igual que yo. Antes de él, cuando salía con otras personas, siempre andaba medio distraída. Ya sabes, siempre estoy en mi mundo, cavilando, trabajando. Voy por ahí sin prestar atención a nada. Me enfrasco en mis cosas, pensando en vete a saber qué. Normalmente en lo que voy a pintar. Así que cuando empezó el sexo, muchas veces me daba cuenta de que no le dedicaba la atención necesaria. Estaba flotando, pensando en algo que me parecía más urgente… Pero Nathan, prosiguió, no puedo explicarlo… ni siquiera sé si lo entiendo del todo. Cuando estoy con él, me absorbe su ritmo. Y no tengo que preocuparme por mi cuerpo, ni por lo que hago, ni por el aspecto que tengo ni nada parecido. Soy absorbida por él, por su cuerpo. Es algo completamente distinto… Perdona que te cuente todo esto sin venir a cuento, dijo mirando al suelo. Ladeó la cabeza, como hacía a veces en momentos en que yo sospechaba que se sentía humillada. Yo solo… Aquí nadie sabe nada, de mi vida. Todo el mundo me habla sobre la obra como si tuviera algo que ver con ella. Como si la entendieran.

Da miedo, Liv, esta historia con Nathan, le dije. Porque estás mostrando que deseas algo que se supone que no debes desear; o sí, pero de un modo extremo y vergonzoso. Te rindes o te rebeles, estás jodida, ¿sabes?

Tú siempre has sabido lo que se supone que tenemos que hacer, comentó. Yo nunca me aclaro.

Mientras hablaba, los ojos de Olivia saltaban de un lado a otro por la acera. Y de repente me miró, casi con ardor. Lo sabía. Ella lo sabía y por eso guardaba secretos, escondía el rostro, follaba a oscuras. Sabía cuáles eran las reglas. Y sin embargo, vi que no le inquietaba la manera en que había aprendido a vivir de acuerdo con el deseo. La gran incongruencia entre su deseo y su vida: era ese dualismo lo que la enriquecía. Lo aceptaba. ¿Acaso no habían sido siempre las cosas importantes privadas, punibles?

Pensé en el apartamento de Nathan, en las lámparas verdes, en la mesita con su caballería de copas, y en el cuenco que imaginaba encima de la mesa auxiliar, en el centro de la habitación: *Necesito saberlo y lidiar con ello.* Como el rostro de Nathan en los cuadros, el contenido del cuenco estaba oculto justo por debajo del borde, un secreto visible que daba plenitud a la imagen. ¿Había reconciliado yo mis vidas irreconciliables? O, desde un punto de vista más realista quizá, ¿había aceptado su incongruencia? La presencia de Nathan nunca había forzado a Olivia a hacerse la misma pregunta sobre sí misma porque lo que yo había experimentado con él había salido de mi interior. Cada vez que iba a verlo, en realidad iba en busca de partes de mí misma que odiaba y anhelaba para verme cometer los errores que temía cometer y decirme: *¿No es eso lo que eres en verdad?* Pero ¿cómo podía siquiera intentar separar lo que era aprendido de lo que era instintivo? Era una quimera buscar lo que había en mi verdadera esencia, lo que yo era por debajo de todo ese ruido, como si existiera una verdad sexual que nacía en mí, inmune a todas las convenciones sociales sobre lo que es siniestro y lo que es tierno. En mi verdadera esencia solo había las semillas más pequeñas del deseo, que habían crecido en las direcciones hacia las que la luz del mundo las guiaba.

¿Qué decía Nathan?, le pregunté a Olivia. *¿Provocarte no es lo mismo que violarte?* ¿Era eso?

Sí, le gusta decir eso.

¿Os seguís viendo?

Sí, claro.

A través del ventanal de la galería Olivia vio a un hombre alto y afeitado y asintió levemente con la cabeza, con las mejillas encendidas de ese rosa escandaloso, antes de darse la vuelta y volver al interior.

Mientras me alejaba caminando de la galería, Nathan estaba en casa con su mujer, rozándola al pasar a su lado en la cocina, en aquella parte del apartamento que nunca me enseñó. O a lo mejor estaba junto a ella en la cama. Su reloj en la muñeca, o en la mesita de noche, donde siempre lo dejaba mientras me miraba. Estaba en un ascensor o en un bar o en un restaurante, con su alianza, con su camisa blanca, con sus gafas. Caminaba por una manzana tan larga como la manzana por la que yo caminaba. Estaba separado de mí, pero solo por un río. Lo sentía separado de mí en el mundo, y la parte de su espíritu en mí era la ternura absoluta. Sentía por él la delicadeza que se siente en la única habitación en la que se te permite estar solo. ¿Cómo podía ser feliz si no volvía a verlo, o si me lo encontraba al cabo de un minuto? No había nada racional en mis sentimientos, pero sabía que cuando creía que actuaba de manera racional solo intentaba justificar un deseo incipiente. No había nada racional en mis sentimientos, pero era lo más generoso que recordaba.

Amamos aquello que nos perturba si nos elige a nosotros y nos dice cuánto importamos. ¿No nos encanta cobrar un cheque, tener pasaporte, el tacto de la mano de un presidente, aunque cada uno de esos placeres dependa de una crueldad que no alcanzamos a ver? El dedo nos señala, inequívoco, y nos maravilla ser elegidos. Ahora, cuando recordaba a Nathan solo podía pensar en dos cosas a la vez, nunca una sin la otra, nunca algo más: la riqueza de lo que me había dado y su feliz y misteriosa libertad, su desnudez en la habitación del Uptown y, justo al lado, el coche y la carretera por la que imaginaba que conducía. El suyo fue el mayor favor que se me ha concedido nunca.

AGRADECIMIENTOS

Quiero dar las gracias a mis primeros lectores, Peter Banker y Claire Schomp, por animarme desde el principio. A David Lipsky, por tu rigor y generosidad, sin los cuales este libro podría estar pudriéndose en un cajón. A Jonathan Safran Foer, John Freeman, Zadie Smith y Darin Strauss, por vuestros consejos indispensables. A Max Addington, Corinna Anderson, Mimi Diamond, Sonia Feigelson, Hannah Kingsley-Ma, Alia Persico-Shammas, Eva Schach y Parker Tarun, por vuestro aguante y sabiduría.

Gracias a Dan Kirschen, mi impulsor, por tu paciencia y lucidez. A Parisa Ebrahimi, por tus percepciones y precisión. A Christopher Potter y Eva Ferri, por creer. Y a todo el mundo en ICM, Curtis Brown, Hogarth y Random House, por todo el esfuerzo que habéis dedicado a este libro.

Gracias a mis amigos y coconspiradores: me encanta pensar junto a vosotros. Gracias a mis padres, por vuestro tremendo apoyo y su fe, que han hecho que todo sea posible.

El más vivo agradecimiento se lo debo a Phoebe Allen, por nuestra vida.